# 巷の人間術

*Chimata No Ningenjutsu*

〈厄人と政治屋には無縁の秘伝〉

菅野文友

作品社

巷の人間術■目次

# 巷の人間術

〈厄人と政治屋には無縁の秘伝〉

少而学、則壮而有為。
壮而学、則老而不衰。
老而学、則死而不朽。

少にして学べば、則ち壮にして為すこと有り。
壮にして学べば、則ち老いて衰えず。
老いて学べば、則ち死して朽ちず。

佐藤一齋（一七七二―一八五九）
『言志四録』（『言志晩録』）より

# まえがき

人間は、老いるほどに過去の記憶が甦る。明治維新以降「白川以北一山百文」と公言・揶揄《やゆ》され、時には「東北のチベット」と陰口をたたかれてきた三陸沿岸旧奥州仙台藩北限の僻地に生を享け、齢四歳にして三陸大津波に遭遇した。長じて第二次世界大戦時には、学徒動員先の京浜地区で、B29爆撃機による爆弾や焼夷《しょうい》弾に曝され、三陸沿岸では近接からの艦砲射撃に加えて、急降下したグラマン戦闘機の機銃掃射を浴び、敗戦直前の仙台大空襲時に塒《ねぐら》の学寮が受弾して丸焼けとなった。敗戦後の仮住まいも不審火で消失し、さらに今次の東日本大震災の直撃を受けて悉皆《しっかい》丸裸となった老生は、九十年近くの間に周辺のさまざまな人間の生きざまを直接に見聞してきた。若年の頃から現在まで、何人かの身内の死を含めて数多の喪失体験をし、飯の種としての仕事の面でも多様な厳しい局面に真正面からぶつかってきた数多くの事態を振り返り、多種多様な人間の実相を赤裸々に総括開陳しながら、現実の巷で生き抜く人間術を体系化して世に問うことが、末期高齢者たる老生にとって、人生最後の著作となるはずの本書の目的である。換言すれば、社会的存在として人間生活を生き抜く要点、即ち人間力涵養充実要諦を、如実にかつ極力体系的に物語ることである。

一般に、物事を簡明直裁に表現するためには、対比的表明が有効であろう。本書で表明する具体的な「べし」の対比として取り上げる「べからず」は、役人ならぬ「厄人」諸氏と、政治家ならぬ「政治屋」諸公の実相である。貴族社会や士族階級とは全く無縁の一貧困平民として生きてきた立場からすれば、多種多様な場で、貴族的／士族的な言動の徒輩の目に余る様態に直面してきた生々しい体験の積み上げがある。本書での主張を裏書きする端的な事例として、それらを取り上げないわけにはいくまい。

由来社会的動物としての人間は、古来「十で神童、十五で才子、二十過ぎれば只の人」といわれる。根源はそうであるが、「若い時の苦労は買ってでもしろ」という言葉もある。本書の扉裏に掲げた先人佐藤一齋の理念もまた、それを裏書きしていよう。玉石混淆の世であっても、「玉磨かざれば器とならず、人学ばざれば道を知らず」（礼記）、「金剛石も磨かずば玉の光は添わざらん」（昭憲皇太后御歌）である。そして時の古今と洋の東西を問わず、あらゆる存在物には必ずばらつきがあり、幅がある。それを念頭に置きながら、「巷の人間術」という主張を提言していきたい。

本書の内容は、起承転結的に意図した四部構成であり、各部もまた四章に分けてある。その後の纏め的記述は、蛇足的存在ともなろうかと危惧しながらの内容である。また巻末に一括した参考文献は、東日本大震災被災時に悉皆流失した書籍に加えて、その後に刊行あるいは入手した文献も収録した。

読者各位の心の耕作と生き抜く術の成熟の資として少しでも役立つことができれば、余命幾許もない老生にとって望外の喜びである。

# 第Ⅰ部　経験と勘と度胸

# 第一章　経験は歴史と特性要因図

## ――無為徒食からは何も生まれず

人間誰しも生きている限りはいろいろな「経験（K）」を持ち、何らかの形で記憶が残っている。さまざまな記憶の中で、後日利用したいものは、何かの形で記録しておくと便利なことが多い。そういった過去の経験事項の記述を一括して、歴史と呼称しよう。換言すれば、歴史とは、自他の経験の記録を累積したものであろう。自分だけのささやかな経験だけに閉居していては、いたずらに自己満足を招来し、ともすれば視野狭隘となり、機会損失の増大となりがちである。歴史という謂れ因縁故事来歴には、人類の数多の貴重極まる経験が蓄積されている。意欲的に諸般の歴史に学び、他の経験も「自家薬籠中のもの」（唐書・元行沖伝）として多角的に活用する努力の累積が肝要である。鼻くそをほじくりながら放屁して自己満足の境地にあるような、無為徒食的日常からは、何も生まれるわけがない。

経験には、「現象」的なものと、「原因」的なものと、「対策」的なものがあろう。この三つのすべてを含む経験もあり、どれか一つあるいは二つを含む経験もあろう。また現象と原因と

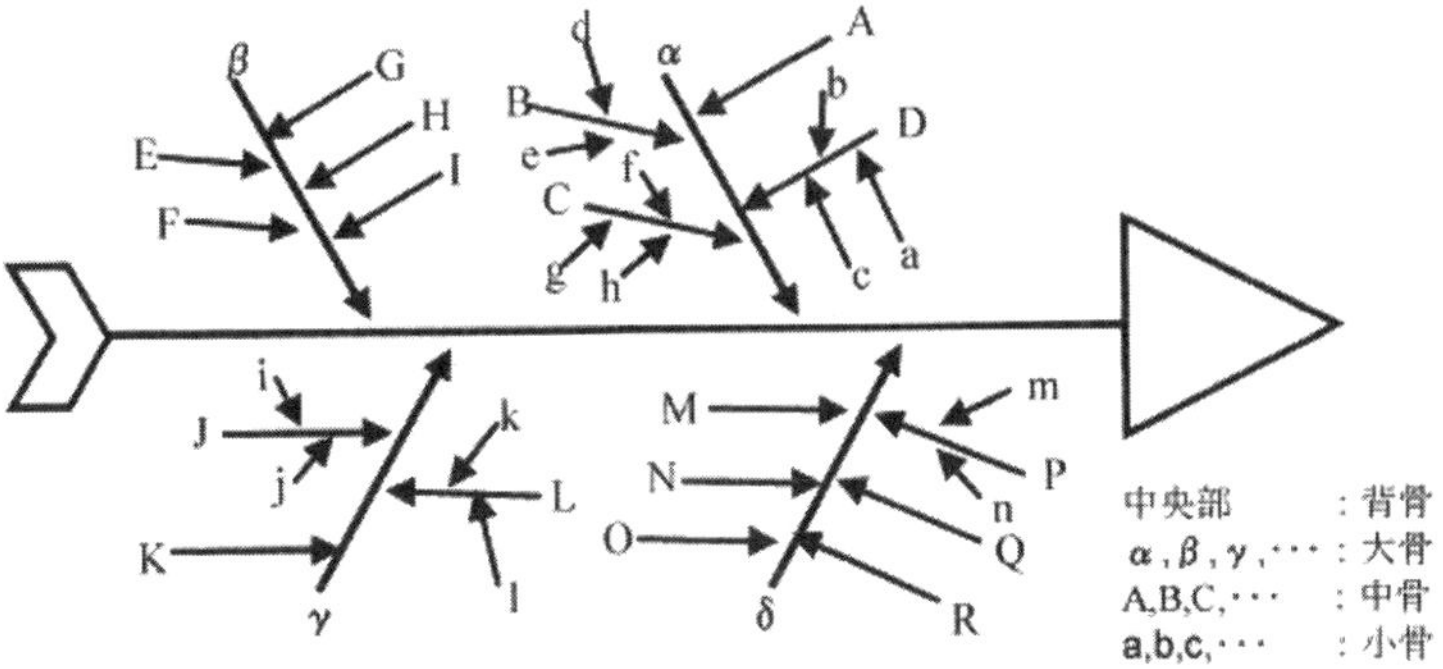


図表１　特性要因図の基本形態

対策は、必ずしも一対一の対応ではなく、むしろそれぞれ一対多、あるいは多対一の対応が普通であろう。換言すれば、現象と原因と対策は、相互に複雑に絡み合っていることも数多い。しかも現実には、個々の現象も原因も対策も、そのそれぞれが親、子、孫、曾孫、玄孫、等々の複雑怪奇な関連性を包含していることも普通であろう。これでは到底言葉だけで簡単に記述するのは至難の業、と心配することも少なくない。

しかし、世に「案ずるより産むが易し」、「窮すれば通ず」（易経・繋辞・下）という。言葉だけでは表現至難であっても、図示表現すれば、意外に一目瞭然化できる場合が多い。この場合もまた然りである。即ち、通称「魚の骨」ともいわれる「特性要因図」（cause and effect diagram, characteristic diagram）の活用である。この特性要因図は、日本工業標準（ＪＩＳ）にも明記されており、特に物作りの領域では洋の東西を問わず、古くから日常的に活用されている日本産の便益である。その形状から、「逆茂木図」ということもある（図表1参照）。

こういった特性要因図的表現を多角的に活用する一つの場として、経験の一目瞭然化を企図する場合には、一本の背骨に付着する大骨、中骨、小骨、微小骨、等々の分類と階層化に留意すると同時に、新規の経験内容の追加明記を即時に行うことを怠ってはならない。見方を変えれば、日々の行動は何らかの新規経験を生み、それが他日の事態遭遇に役立っていることもまた、歴史というものが多様な形で教示していることを、忘却してはなるまい。従って、「亀の甲より年の劫」（歌舞伎・鼠小紋東君新形、第四幕）も重視しなければならない。もちろん「拡幅深耕」という日常的な研鑽を持続することの有無も、怠りなく確認しておくことが重要である。

# 第二章　勘は発想と相関図
## ――拡幅深耕（妄想→想像→創造）

人間誰しも、経験の蓄積は自然の理である。経験を積むと出てくるのが、物事を直感的に感じ取る能力、所謂「勘（K）」である。第六感ともいう。この勘を、狂わせずに有効適切に活用すれば、甚だ有用であろう。そのためには、過去の自他さまざまな経験の歴史に鑑み、勘を働かせたときの前駆現象あるいは兆候と、それを踏まえた実現結果との関連性を、より客観的に吟味する必要がある。その際に有効適切な道具が、両者の相互に関連する度合いを明示する「相関図」あるいは「散布図」である。これについても、前記第一章の特性要因図と同じく、ＪＩＳにも明記され、各方面で活用されている。

相関図は、横軸に前駆現象（兆候）の頻度の度合いを、左方向から右方向に小から大となるようにとり、縦軸には、その兆候に対する実現結果の頻度を対応させて、下方向から上方向に小から大となるように打点した図である。その結果として得られる打点の列が、おおよそ直線的に並んでいる度合いが、相関性の有無・高低を表している。直線性が明確ならば相関が強く、

| 項　番 | 項　目 | 意　味 | 備　考 |
|---|---|---|---|
| 1 | 寄与率 | 相関係数の二乗値 | 0≦　≦1　%表現 |
| 2 | 相関係数 | 共分散を標準偏差の積で割った値 | 正あるいは負で1以下 |
| 3 | 共分散 | 積の平均値から、平均値の積を引いた値 | 正あるいは負の値 |
| 4 | 標準偏差 | 分散の平方根 | 正の値 |
| 5 | 分散 | 二乗の平均値から、平均値の二乗を引いた値（個々の値から平均値を引いた値の二乗和の平均値） | 正の値 |

**図表２　相関係数**

直線性が不明確になるほど相関が弱い、ということになる。また直線でなく曲線を示すときには、二次以上の高次曲線等が適合する場合が多い。そういった場合でも、横軸あるいは縦軸の数値変換によって、直線に近似できる場面も少なくない。このようにして、勘の効用の有無の程度を相関図で共有できることになる。

相関の強さは、定量的には「相関係数」（図表2参照）で示される。相関係数の値は、相関図の横軸の値（x）と縦軸の値（y）を使うと、xとyの共分散（xとyの相乗積の平均値からxの平均値とyの平均値との積を差し引いた値）を、xの標準偏差値とyの標準偏差値との積で割った値である。その値がゼロならば無相関であり、1に近いほど相関が強いことになる。また、共分散の正負で決まる相関係数の正負については、負の値ならば逆相関であり、正の値ならば順相関である。換言すれば相関係数は、正比例あるいは逆比例の程度を示す値でもある。

さらに、相関係数の値の二乗値が「寄与率」であり、寄与率の数値が大体五十％ないし六十％以上ならば、相関性の存在を無視できないということになろう。

相関性を高めて勘の効用を発揮したいならば、まず日常的に行動・接触の幅を拡げる必要がある。即ち「拡幅」である。さらにそのことによって、諸事諸般の吟味を深める必要があろう。即ち「深耕」である。この「拡幅深耕」の推進を図って、有用な勘の錬磨を持続することが肝要である。そのためにも、所謂「創造力」の錬成が重要となる。そして強力な創造力の涵養は、多種多様な「想像力」に由来する。かつまたその想像力の発揚は、保有する自由闊達にして奔放な「妄想力」と表裏一体のものといえよう。つまりいたずらに狭隘な規範などには拘束されない旺盛な妄想力の保持が、多種多様で強力な想像力の蓄積には甚だ有用であり、その最も有効な活用こそが、有用な創造力の発現・発揚に大きく繋がるものとなる。そういったことが、強固な勘の保持と利便を裏付けるものである。なお前記のことを換言すれば、機を得た勘の有用な発揮こそは、ある意味では素晴らしい人間力の発揚であり、従って定量的な吟味を常に怠らない習慣づけと、その着実な伝承が必須である。そしてこのようなことがまた、拡幅深耕の伝搬も招来することになろう。さらに、「勘」の効用を存分に発揮するためには、沈着冷静な「平常心」の保持が肝要であることを、特に付言しておきたい。危急存亡の機に臨んで有用な勘の働きを生むのは、冷静沈着さである。腰の定まらない、額に青筋の立った自称名門学校卒業の秀才如きには、到底覚束ない。こういった実態は、先頃の東日本大震災などの場合にも、明確に立証されているといえよう。この秀才ならぬ「臭才」徒輩の唾棄すべき哀れな様相は、老廃筆者もまた、数多く直接に見聞している。所謂ＩＱ（知能指数）の高さだけを自慢の種にしている輩もまた、同工異曲の面々である。「沈香も焚かず屁も放らず」では生きている価値がなく、「沈香は焚かず屁だけ放り」では更に不可である。「沈香も焚くが屁も放る」というのが本来の巷の人間の生きざまである。経験と勘、そして度胸は、そのために活用すべき資である。

# 第三章　度胸は決断とパレート図
## ——未練たらたら自己嫌悪

人間万事生きていくということは、何か事を成すことである。事を成すための意思決定に際しては、その際に必要と思われる諸条件が、未だ不明あるいは不確定な場合も少なくない。即ち未知の諸条件があるときに、あえて意思決定を行うことが必要となる。いたずらに「遅疑逡巡」、「右顧左眄《うこさべん》」ばかりしていては、あたら好機を逸する事態を招来してしまうことにもなろう。また、その意思決定によって、当該諸条件自体が少なからず変化する場合も少なくない。そうすれば、さらに次段の意思決定が容易になることも少なくない。従って人間としての意思決定をするためには、それなりの勇気が必要となろう。それが、事を決める「度胸（D）」である。必要な度胸のない徒輩は「臆病者」である。

本来の正しい度胸は、無闇矢鱈に意思決定を行うことではない。正しい「決断」をすることである。そういった決断を行わずに、未練たらたら現状放置することは、結局自滅に繋がってしまう。このような未練の結末という経験をすると、自己嫌悪を招来する。つまり人間としての「堕落」である。およそ人間たるものは、いくら愛着があっても捨てねばならぬときもある。一生の間に遭遇する多種多様な局面に際して、いたずらに未練を持ち続けることは、予想外な自滅の道に迷い込んでしまうことにもなる。そして、なお一層の自己嫌悪の穴に陥入しかねない。自棄のやんぱちには一文の価値もなく、現実逃避は奈落への大道を開く。いかに辛くともしっかりと周辺事態を直視し、好機を逸しない決断をする度胸が、人生には必須である。

正しい度胸の発揚に有効適切な道具が、所謂「パレート図」の概念である。これもまた、第一章の特性要因図や第二章の相関図と同様に、JISに明記され、物作りの現場をはじめ各方面で、日常的かつ多角的に活用されている。パレート図は、各項目別に層別して、出現頻度の大きさの順に並べると共に、その累積和を提示したものとされている。換言すれば、値を降順に打点した棒グラフと、その累積構成比を表現する折れ線グラフとを組み合わせた複合グラフである。このパレート図によって、数多くの要因の中から、最重要なものを浮き彫りにできることになる。パレート図という名称自体は、イタリアの経済学者ヴィルフレド・パレートの提案を基としている由である。このパレート図利用の趣旨は、重点となる項目を明示していく重点試行の考え方を、着実に実行するための用具ということである。つまり意思決定という度胸を決める問題の優先順位と、その問題が全体に占める度合いを明示するものである。換言すれば、降順に打点した棒グラフとその累積構成比率を示す折れ線グラフを組み合わせた複合グラフが、パレート図である。典型的なパレート図は、縦軸（左側）に出現頻度などの単位をとる。もう一方の縦軸（右側）には、全体としての件数や累積構成比率をとる（図表3および図表4参照）。パレート図を使用する目的は、多くの要因の中で最も重要なものを浮き彫りにすることである。また「パレート分析」とは、複数の現象や事象に関して、その出現頻度による分類を利用して、行動の効率を高めようとするものである。頻度の高いものから順次に、A、B、C

| 記号 | 項目 | 費用 | 累計 | 累積比例(%) |
|---|---|---|---|---|
| A | 副食・嗜好品費 | 102,600 | 102,600 | 36.4 |
| B | 保健・衛生費 | 32,550 | 135,150 | 48 |
| C | 住居・備品費 | 31,800 | 166,950 | 59.3 |
| D | 交際費 | 30,500 | 197,450 | 70.1 |
| E | 教育・教養・娯楽費 | 25,600 | 223,050 | 79.2 |
| F | 光熱水道費 | 23,000 | 246,050 | 87.3 |
| G | 主食費 | 17,540 | 263,590 | 93.6 |
| H | 被服費 | 12,400 | 275,990 | 98 |
| I | 調理料費 | 4,900 | 280,890 | 99.7 |
| J | その他 | 800 | 281,690 | 100 |
| | 合計 | 281,690 | | |

図表3　ある家計簿から

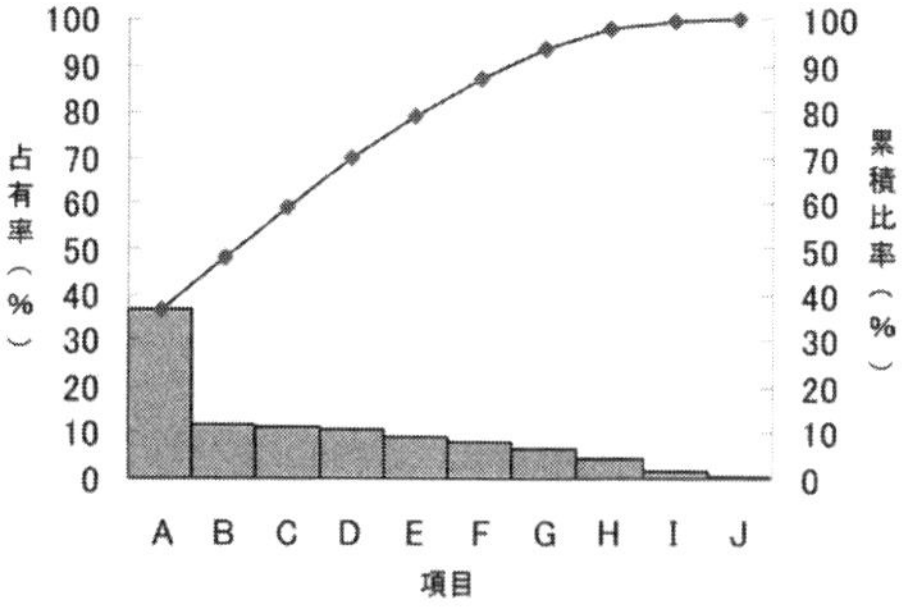


図表4　図表3のグラフ化

| 順位 | 品名 | 販売数 | 構成比(%) | 累積（%） | |
|---|---|---|---|---|---|
| 1 | おにぎり | 60 | 25.1 | 25.1 | A |
| 2 | サンドウィッチ | 54 | 22.6 | 47.4 | |
| 3 | 五目弁当 | 42 | 17.6 | 65.3 | |
| 4 | いなりずし | 31 | 13 | 78.3 | |
| 5 | 日替わり弁当 | 13 | 5.4 | 83.7 | B |
| 6 | 特製弁当 | 12 | 5 | 88.7 | |
| 7 | 記念弁当 | 9 | 2.5 | 95.0 | |
| 8 | 定番3号 | 6 | 2.5 | 95.0 | C |
| 9 | 定番1号 | 4 | 1.7 | 96.7 | |
| 10 | うなぎ弁当 | 3 | 1.3 | 98.0 | |
| 11 | 定番2号 | 3 | 1.3 | 99.3 | |
| 12 | さつまあげ弁当 | 2 | 0.8 | 100 | |

総販売個数＝239

図表5　ABC分析の事例

といった群分けをした場合は、「ＡＢＣ分析」ともいわれている（図表５参照）。つまり重点分析の一例でもある。このＡＢＣ分析の手順としては、

①頻度の高い順に項目を並べる。

②頻度の合計を百として、構成比率を算定する。

③頻度の大きい順に、累積構成比率を算定する。

④その累積構成比率によって、群別する。

このようにすれば、表形式に整理することで、ＡＢＣ分析となる。なお、累積構成比率の上位からみて、七十％ないし八十％をＡ級、八十％ないし九十％をＢ級、九十％ないし百％をＣ級とする場合も多いが、その辺のところは融通無碍である。例えば、ほとんど無視されるものをＤあるいはＺとしたＡＢＣＤ分析やＡＢＣＺ分析などもある。

このように考えると、自他の豊富な「経験」や未知項目に関するさまざまな「勘」を赤裸々に開陳して、確固とした「度胸」を決めるための有効適切なパレート図を、日常普段的に構築し続ける必要があろう。このパレート図に裏付けられた決断の積み重ねこそが、天地神明に恥じない堂々たる度胸の根源である。人間活動に際しての有用な「糞度胸」、即ちしっかりと腹の据わった揺るぎない度胸の発露となる。事に臨んで真面《まとも》な度胸を即座に発揚する重要性は、先頃遭遇した東日本大震災に際して、一瞬の差で生死を分ける境となっていることからも、しっかりと着目し続けなければならない。

# 第四章　記憶に頼らず記録に頼れ
## ――無駄の効用・日記の習慣

世上明敏果断あるいは博学多識にして判断が緻密即時といわれる人物の多くは、そのために必須となるべき自他の経験と勘と度胸の蓄積成果を換骨奪胎し、強固に自家薬籠中のものとした上で、縦横無尽に活用している。臨機応変にして機略縦横、かつまたその見通しの的確な行動は、決して一朝一夕にして体得できるものではない。奥州三陸海岸をはじめ、日本各地に残る雄渾な古碑文に記されたように、地震や津波の来襲時など、危急存亡時の即断即決的行動で幾多の人命を救助した古人の業績も、また然りであろう。はたまた栄光の記念牌の獲得に際しても、事の次第は大同小異である。経験と勘と度胸を実用の技として多角的に利用活用する際の要領も、事の次第は同工異曲である。

何事も、過去を踏まえて現在がある。既往のさまざまな事態の要点を正しく伝承し続けることは、吾人の責務である。そして、その伝承の多角的活用こそ、先人たるべき吾人の意とするところである。そのための既往事項の着実な積み上げが、何よりの基本事項である。しかし、時の推移は無情である。人間の忘却は、予想以上に早い。大切な「記憶」も、どんどん薄れる一方である。それだけに留まらない。記憶は薄れると同時に歪曲され、部分的には薄弱になったり、逆に濃厚になったりする。そして他の記憶と混同され、接合され、増幅あるいは圧縮されて、一部は正しくとも、全体的にはかなり違ったものになってしまう場合も、少なくない。テレビの犯罪ドラマでは、法廷の場面で、証人の記憶証言の是非が問題視され、名検事あるいは名弁護士の活躍によって、事態の逆転が生ずる、といった筋書きがよくみられる。これなどは、典型的な記憶の無駄である。強烈な印象の記憶は残るが、それもやがて時の移ろいと共に消失していく。さらにまた、印象に刻み込まれる程度や消失する速度も、かなり個人差のあるのが普通であり、その度合いも千差万別神社仏閣の極みである。

こういった事態に対処するためには、極力正しい「記録」を残すことが大切である。一般に記録は面倒くさい。すべての経験と勘と度胸の様相を正しく記録し続けることなどは、現実には不可能に近いといってよかろう。記録のための諸資源も、すべて有限である。どういった記録が後日の役に立つ代物かも、正確には不分明であることが多い。面倒でもあり、時間も人手も金もかかる。記憶に頼らずに記録に頼ればいいことが頭では理解できても、それだけでは実行し難いのが現実である。従って、その対策としては、まずすべての記録が役立つだろうなどとは全く期待しないことである。無駄を覚悟で進むことである。しかし、無駄と知っていて事を進めるなどということは、どう考えても腑に落ちない。それが普通、至極当然ごもっとも、である。ところが、世の中は、意外な事態が出現しがちである。むしろ当初は無駄と思ってやっていたことが、後日意外な局面で至極役立つことがある。まさに「無駄の効用」というやつである。

無駄の効用の典型的なものとしては、「日記」がある。日記といっても、多種多様である。昔から「三日坊主」というが、長続きしない好個の事例として、日記が挙げられることが多い。それが、ごく普通の人間の性である。その本質的性を十分に認識した上で、日記の効用を発揮し続けることが肝要である。難しいことではない。義務としてすることは嫌うが、権利として行うことにはあまり抵抗がない、というのも普通のことである。そして、「好きこそものの上手なれ」ということもある。気が向けばやるのが普通であり、習慣的な行動は、ごく普通のこととしてあまり抵抗を感じない。日記の内容としても、僅少な必要最低限のこと以外は、勝手気ままにすればいい。

ことさら役に立つものにしようとして肩に力が入るほど、くたびれてしまう。楽天的に、気の向くままにやることである。さらにもう一つ注目すべきは、「習い性となる」（書経）という先人の教訓である。日記にしても同様である。気がついたら気軽に記載できる簡単な内容のもの（項目、言葉、数値あるいは記号など）であれば、次第次第に量が増えて、必要な記録の形式も自ずと整ってくるものである。それに加えて時々気の向くままに見返したり、読み返すことによって内容の充実度も増してこよう。日常的記録の付帯的効果の一例として、「微（局地）気象」の問題がある。天気予報は毎日の行動に欠かせないものの一つである。しかし何分にも地形に合わせた網の目をそれほど細かくはできないため、現在自分のいる場所に対しての予報がうまく的中するとは限らない。そういった微（局地）気象の予測について意外に有効なのが、古来の「観天望気法」である。例えば「あの山の左側に雲がかかってきたら、夕方にはここで雨が降る」という狭小地域的常識は、当該住民たちの記録の積み重ねによる成果である。さらにまた、記録によってそれに関連する記憶自体も、より強固・確実で長持ちするようになってくるし、一つの記録から連鎖反応的にいろいろな記憶が甦ってくる場合も、珍しくない。日記のような身近な記録の効用には、多種多様な奥深さがあろう。

なおここで付言すれば、第Ⅰ部で吟味してきた「経験と勘と度胸（ＫＫＤ）」の多角的活用の対象の多くは、「予定」をたてることにある。そして古来「予定は未定にして決定に非ず」という。つまり人生における予定の役割というものは、所詮大したものではないという。予定は砂丘のように変わりやすく、人間の一生はあまりにもたびたび、予定外の生活によって、その方向を変えられるものである。換言すれば、それは「運命」でもある。人生の自然的成り行きは、常に当人たちの願望よりも強い。それに対処する方策は、決して一本道だけではない。迂回路もあるし、一時停止点もあり、多岐の迷路もある。それこそが、「運命の開拓」の要請である。人間は、空気と共に運命も呼吸しているものといってよいが、その運命なるものは、人間の天性を、生地のままにはしておかない。そういったことに対処するための自己伸張が、根幹的に必須である。即ち運命を楽しむ工夫を体得する要領を、しっかりと摑むことである。その際、「慣れ」と「狎れ」との相違を、しっかりと把握して進むことが重要である。そして運命の開拓のためには、斬新な発想が必要であることも多い。新しい発想は、突如として頭脳に閃く場合よりも、自分とは棲息（広義）領域の異なる存在に接触するときに、生み出されることが多い。従って、意欲的に横断的接触を行い、時には協調し、時には切磋琢磨し、時には相互に評価し続ける習慣が大事である。以下の第Ⅱ部と第Ⅲ部で、そのことに関連した方策のいくつかを、纏めて検討していこう。いずれも、「巷の人間術」には必須のことどもである。

# 第II部　仕掛けと躾とお付き合い

# 第一章　仕掛けは思考と試行から
## ――大局着眼・君子豹変

人間は、完全に無作為の行動をとるということはあまりない。むしろ陰陽いずれにしても、何かしらの目的を持って行動しているのが普通であろう。個としても集団としても、目的を実行しようとするのが日常のことである。その際、どういった準備をし、どのようなやり方で実施するかが問題である。そういった行動規範が、行動の仕組み、仕掛け、である。この「仕掛け」がどれだけ「しっかり」と設定されているかが、事の成否を大きく左右する。仕掛けをしっかり設定するためには、直接的／間接的に関連する事項に対しての十分な「思考」、「吟味」、が必須である。単なる机上の思考だけではなく、いろいろな「試行」も重要となるのが普通である。有効適切な仕掛け、仕組み、を適時に設定するためには、常日頃からの入念な準備が必要であり、それに関連した思考、それに随伴する試行、の存在を忘れてはならない。

仕掛け設定の要点としては、当初に個々の細かな事項を設定しておいて、それを営々と積み重ねていくというやり方はあまり得策ではない。部分を最初に設定して、それを積み上げていって合体しようとしても、なかなかうまくいかずに挫折してしまう場合が多い。何よりもまず、全体像を設定することが、最初に為すべき試行である。つまり「大局着眼」を以て善しとする。換言すれば、まず最終到達点のあるべき姿を目標として決めなければならない。その上で、それに必要な諸項目を、次第次第に細かくしていくような順序で決めていく。そういった「段取り」で事を進める習慣が、個としても集団としても、最優先のことである。

このような段取りで最終目的に到達するのが万古不易の定石となればいいが、いつもそうとばかりはいえない。いったん行動を起こせば、そのこと自体が周辺状況に影響を与えるのもまた、ごく普通のことである。また、当初の設定条件が変化していくことも、ちゃんと想定しておかねばならない。人間の世は、すべて矛盾だらけである。こうすればこうなるはずだ、とは何人も保証できない事態が出現する場合もよくある。当初は見えなかったことが、進むにつれて霧が晴れ、次第に周辺の事物が赤裸々となることもまた、よくある話である。このようなときに、いたずらに「蛮勇」を奮って猪突猛進するのは、文字通り愚の骨頂である。いったん決めたからといって一心不乱に直進するだけでは、人生の敗残を自力で招来し、いたずらに墓穴を掘ることに他ならない。進むを知って退くを知らない「墨守」（墨子）に拘泥するのは、愚行そのものである。随所で周辺様相を含めて事の成り行きを虚心坦懐に直視し、好機を逸することなく「君子豹変」（易経）、「大人虎変」（易経）する勇断が大切である。

うまい仕掛けの設定とは、熟慮断行の成果でもある。そして時には、試行によって確認しながら念入りに思考し、局部的／部分的な最適化の累積は必ずしも常に大局的な最適化を保証するものではないことを、しっかりと直視して仕掛けの設定に当たり、その最終的な成果の確証を得るためには、事の進展を見据えた君子豹変の勇の発揚が重要となる。そのためには、眼前に去来する小利に囚われず、既往投入資源の無駄の出現に怯えず、直近の不評を恐れてはならない。覚悟を知らない周辺の近視眼的罵詈雑言に耐え抜く孤独な大勇を、必要とすることもある。また関連する要員との対応に際しては、安易に世上の毀誉褒貶を鵜呑みにしてはならない。必ず自分の眼力を信ずることである。本来の仕掛けの設定とは、そういったものである。

# 第二章　躾は自己啓発と相互啓発
## ――人の振り見て我が振り直せ

前章で述べた仕掛けをいかに巧妙適正に設定しても、その仕掛けがうまく生きるためには、それを遵守していく人間の「躾」がしっかりしていなければならない。この躾は、決して一朝一夕にして達成できるようなものではない。関与する各要員が、各自各様の個性に応じた「自己啓発」を行うことが必須である。こういった自己啓発がなければ、集団としての「相互啓発」は、容易に達成できることにはならない。きちんとした自己啓発があれば、相互啓発を安心して推進できる。何事も、天然自然に保有する能力を錬成するのは、これまた天然自然の本性でもある。要は、自己啓発の意欲の持続が第一である。これこそ「愚公移山」（列子）の理である。このような各自の自己啓発意欲保持があってこそ、多次元ベクトル和の効率化が出現し、効果的相互啓発の成果が実現可能となる。それが個および集団としての自信獲得に繋がり、本来の躾をしっかりと体得・活用できることになる。

自己啓発や相互啓発を効率的に体得するためには、直接的／間接的に必要と思われる関連事項に目を向け、恥も外聞もなく、極力迅速に吸収消化して、自家薬籠中のものとすることである。それこそが「人の褌で相撲をとる」（諺苑）ことの善用であり、「人の振り見て我が振り直せ」（俳諧・毛吹草）という要諦でもある。そのためには、常に周辺への心配りを忘れてはならず、見逃しがちで些細な謂れ因縁故事来歴や地域的／局地的伝承などへの目配りをする習慣づけが大切である。このような自己啓発の結果を持ち寄って相互啓発の資とするのが事の常道であり、いわゆる「ギブ・アンド・テイク」が躾の基本である。相互に「ギブ」できる代物を保有しているからこそ、相手から「テイク」できる。相互啓発の基本は、あくまでも自己啓発である。「三人寄れば文殊の知恵」（歌舞伎・船打込橋間白浪）というが、能力ゼロをいくら集めても、結局ゼロに過ぎない。そういった徒輩の付和雷同、「吠影吠声」（潜夫論）もまた無意味である。

自己啓発が功を奏するためには、「ハッとする」必要がある。我が郷里奥州伊達藩に伝わる明朗闊達・元気旺盛な民謡「ハッとせ節」（塩竃甚句）を引用するまでもあるまい。つまり自己啓発すべき事柄に「気づく」のが根幹である。さらに、気づいたら即座に対処に取りかかる習慣があってこそ、真の自己啓発が可能となる。同じ事物を見ても、只単にボーッとしているのとは、ちょっとしたことから大きな差が出てくるようになる。そして、多様な実態に気づくのには、それなりの修練が必要であり、その能力を磨けば磨くほど、ますます効力を発揮できることになる。このことは、例えばアーサー・コナン・ドイルの名作「シャーロック・ホームズ」シリーズによっても明々白々となっている。

「躾」あるいは「仕付け」の元々の意味は、礼儀作法の体得を意味している。さらに辿れば、衣服の本縫いを正確に、綺麗にするためにあらかじめざっと縫い合わせておくことであり、また、完成した衣服の形が崩れないように、折り目などを縫って押さえておくことでもある。このような意味を考えても、「きちんと」しておくことを主眼としている。第一章で述べたように「仕掛けをしっかり」しておいても、それを利用する要員が、それを遵守・活用していくためには、本章で述べた「躾をきちんと」することの重要性が強調されよう。躾をきちんとしておくことによってこそ、仕掛けが生きてくるのである。これによって、堅実な「脚下照顧」の実を挙げ得ることになろう。

# 第三章　付き合いは顔と心のせめぎ合い

## ——顔で笑って心で泣いて

社会的動物としての人間は、かのロビンソン・クルーソー（デフォー『ロビンソン漂流記』一七一九年刊）をみてもわかるように、単独で生きていくのは至難事である。何らか他との交流を必須とする。そういった意味もあって、ここでは主として仕事面での交流、つまり付き合い、を題材とする。個体が違うからには、どんな付き合いも、すべての面で完璧にうまくいくことなどは、あり得ないと達観すべきであろう。そういった難しさは、幾多先人の教えるところでもある。例えば、世は「呉越同舟」（孫子）であり、そもそも「氷炭相容れず」（後漢書）でもある。しかし浮き世は常に、「一蓮托生」（浄瑠璃・心中宵庚申）でもある。

付き合いがうまくいかなければ、相互啓発もうまくいかないのは普通の様相である。相手から直接見える表面的な顔面は何とか取り繕ったとしても、心の中は張り裂けるような思いに駆られてしまうことも、そう珍しくはない。まさに「顔で笑って心で泣いて」という局面も少なくない。いかに仕事のためと割り切ってはいても、表面と内面とのせめぎ合いが昂進してくるのは、ごく普通の話である。「顔と心は裏表」あるいは「顔と心は雪と墨」（随筆・松屋筆記）ともいう。しかし何といっても「顔は人の看板」である。「外面は菩薩に似て内心は夜叉の如し」もあり得るのが、世の常である。

人間の行動の基本は、公私を問わず、TPOの如何にかかわらず、何事も「ABC」である。即ち「A（当たり前）」のことを、「B（ボンヤリしないで）」、「C（ちゃんとやろう）」である。しかし、これもまた単に自己満足かつ閉鎖的に考えてはならない。何が当たり前で何が当たり前でないかは、「同床異夢」（陳亮）となりやすい。相互の真摯でざっくばらんな話し合いと相互理解が、頗る重要である。ボンヤリしないで、ということにしても、実際には難しい。人間は本質的に、ボンヤリする特性がある。一人ひとりのボンヤリする度合いもまた、各自各様な体たらくになりがちである。しかし、全体としては、やはりボンヤリした結果にならないようにしなければならない。そのためには、多彩な工夫の積み重ねと継続が大切である。さらに、ちゃんとしようといった事柄についても、自分ではちゃんと心算したはずの事物が、他人の眼で冷静沈着に吟味確認すると、ちゃんとなっていない場合も出現／露呈しがちである。相互の確証が肝要である。このように考えると、客観的に見てA、B、Cのすべてにわたり、安易な自己満足に堕するのではなく、各種各様な立場、物の見方、価値観等で「付き合い宜しく」を心がけなければならないことになる。浮き世の所行には、万事万端相互協力の実が挙げられるよう、地道で着実な「付き合い宜しく」こそが、必然の要諦である。

ともかく付き合いを宜しくやらないと、いろいろな面で「千丈の堤も螻蟻の一穴より崩れる」（韓非子）に繋がりやすいといった認識が重要である。「仕掛けをしっかり」、「躾をきちんと」、「付き合い宜しく」のすべてが十分でないと、満足すべき結果は望み得ないことになってしまう。「万人心を異とすれば則ち一人の用なし」（淮南子）を銘記しながら、「蟷螂力を合わせて車を覆す」（源平盛衰記）ことによってこそ、何物にも替え難い人生最高ともいうべき真の達成感を体得することになる。人間の暮らしは、公私を問わず「同舟相救う」（孫子）が基本である。「単糸線と成らず」（水滸伝、西遊記）である。「天の時は地の利に如かず、地の利は人の和に如かず」（孟子）を銘記しておかなければ、事の成就は期し難い。「輔車相依る」（俚諺集覧）を忘れないことである。そういったことで、「連絡提携」して「共励切磋」の実を挙げることができよう。そのためには、やはり「知恵と工夫と努力の三拍子」の確実な積み上げが肝要である。

# 第四章　苦労が生きるお人柄
## ――亀の甲より年の劫

生物としての人間は、誰でも年をとる。それにつれて、次第に経験が積まれ、勘も度胸も磨かれて、個性的なものとなってくるはずである。そして各自それぞれ自分なりに、仕掛けも躾も付き合いもまた、自然に身についてくるのが普通であろう。つまり自分としての「理非曲直」をわきまえた「分別」が定着してくる。その際に問題となるのは、それまでに積み上げてきたいろいろな「苦労」が、ちゃんと生かされているかということである。換言すれば、物の役に立つ苦労が、どの程度体に染み込んでいるかである。頗る無事平穏に何の苦労もしていなければ、また折角の苦労も役立つようになっていなければ、「十で神童、十五で才子、二十過ぎれば只の人」と成り果てる。誰しも寿命が限られている以上は、いたずらに馬齢を加えて安易に無駄に年ばかり食っていては勿体ない。つい最近までの寿命を基盤とする場合、『論語』によれば、「立志」の後は、三十歳で「而立」、四十歳で「不惑」、五十歳で「知命」、六十歳で「耳順」という各年齢毎の悟りの境地が知られている。しかし既に「五十、六十は洟垂れ小僧、男盛りは七、八十」という頃を超えてしまい、傘寿、米寿はおろか白寿も珍しくないという現代では、単に生きているだけの「恍惚の人」に堕してしまっては勿体ない。「ピンピンコロリ」を望むのは当然であるが、それまでどう生きればよいかも熟慮しておくのが大切である。QOL（人生の質）を保持する工夫も、忘れてはなるまい。「労咳」も「老害」も望ましくない。

なお、老害発生様態としては、次のような傾向頻発によって、出現露呈してくることが多い。即ち、

①他から特に依頼されなくても、積極的にいろいろな会合に早くから出席し、終了しても居座ったりして話し込み、平気で会合時間を長引かせ、周囲の迷惑顔などは殊更に無視する。

②元気の良い若手の発言を早呑み込みして誤解したり、不当に抑圧したり、場を混乱させ、会合頻度を平気で増大させる。

③若手の発言を途中で遮って自己主張することには平然たる面持ちであるが、自分の発言を途中で遮られることには、我慢できずに立腹する。

④人生の伴侶の真摯な忠告と制止の発言を無視して、勝手な行動をする度合いが激増してくる。

⑤日常的に僻みやすい言動が増加し、また自己の処遇に対する不平不満感を、外部に撒き散らして顧みない。

⑥老害を自覚する症状が薄弱であり、そのような老害症状を指摘されたときには、即座に顔面を紅潮させて猛然と激しく怒り出す。

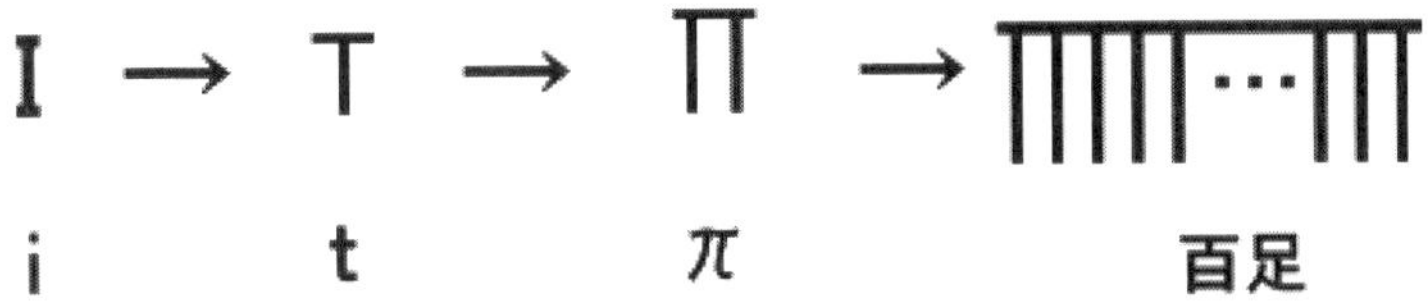


図表６ Ｉ型から百足型へ

因みに、このような老害症状は、必ずしも老年になっていなくても、所謂エリート意識の強い官僚や苦労知らずのお坊ちゃま純粋培養教員に、よくみられる構図である。そういった徒輩の保有する共通的な特性を挙げると、無意識的に唯我独尊性を陰陽両面で露呈し、日常的に責任転嫁を行い、敵前逃亡的本質が見え隠れする上に、火中の栗を拾わない習性が身についている。「巧言令色鮮し仁」（論語）の率先躬行者でもある。東日本大震災に関連して随所で露呈した諸様相でも、このような「塵材」や「腐材」の醜態は、まさに歴然たるものであった。

しかし世上一般に、「亀の甲より年の劫」（歌舞伎・鼠小紋東君新形）という。これは伊達に年輪を積み重ねたのではなく、一つひとつの自他の経験や勘や度胸の発揚結果を反芻し、それから学んで習得している人物を指している。単に専門が只一つだけで基盤の幅も狭く、その奥行きも限定された「I」型人間ではない。少なくとも基盤の幅が広く、専門領域も限定されたものではない「T」型人間であるのが普通の人である。そして広範な基盤を踏まえた専門領域が二つある「Π」型人間であれば、積み上げた苦労が生きる人柄の持ち主であることが多い。さらに望ましいのは、拡幅深耕的研鑽の成果が顕著で複数の専門を保有し、その専門が必要に応じて自在に出没するような、変幻自在の「百足」型「人財」である。「百足型人財」（図表6参照）は、少数精鋭集団を構成でき、「無理、無駄、斑」の排除も効率的である。

　苦労が生きる人柄の形成には、それなりの年輪の積み重ねが有益であると同時に、単なる学校秀才が古びただけの状態（醜態）では、ものの役に立たない。若年から多趣味の愛好者であり、複眼的柔軟思考の持ち主であると同時に、明朗闊達で心身共に健全といった特性を保持している。それが逆境を自力で乗り越えた錬成結果として、真の「百足型人財」となってくる。多趣味の中でも望ましいのは、古典／新作落語（地口、駄洒落、もじり、下げ、語呂合わせ、弁舌、演出、等）、奇術（手妻、手品、トリック、マジック、等）、および論理的謎解き（十字語判断、数独等で錯覚、盲点、推理、対応、などを活用）である。この三者に共通しているのは、既往の先入観に拘泥せず、只単に眼前の表面的事象に注目するだけではなく、既存の潜在的／顕在的資源を多角的に活用し、端倪すべからざる執念や注意力の集中発揮を具現して、安易に妥協せずに本質的要求を追求し続け、得た結果の多面的満足感を昂揚させることを以て、要諦としていることである。従って、こういった三者の共通的思考を列記すると、以下のように纏めることもできよう。即ち、

①同じ材料で別のものができないか？
②別の材料で同じものができないか？
③異質の組み合わせで新奇のものができないか？
④加工の工夫で新しいものができないか？

⑤視角の変化によって別のものが見えないか？
⑥クローズアップの順序を変えることで別個の特性を拡大できないか？
⑦限界を崩すことで別種の様相を現出できないか？
このような思考の体得によって、「人は勝つ道を知らず、我に勝つ道を知る」（葉隠）ことが有用となるのである。

# 第Ⅲ部　PDCA

# 第一章　計画なければ修正できず
## ――段取り八分で仕事が二分

一般に「一寸先は闇」（仮名草子・東海道名所記）であり、「予定は未定にして決定に非ず」になりがちである。即ち漫然たる予定ではなく、きちんとした計画を設定しなければ、事の進行は期し難い。「計画（Plan略してＰ）」あるいは「企画」は、すべての行動の基本である。その企画を行う力の根源は、気づくことにある。「気づき」は考えることから、自分の居場所を作ることから始まる。「道は近きに在り、而るに是を遠きに求む」（孟子）であり、「チルチルミチルの青い鳥」であって、身近なところから吟味を進めるのが常道である。よく周辺の事態を冷静に見極めてから、事にかからなければならない。現実性がある内容を、独創性で見極めることでもある。古来「段取り八分で仕事が二分」といわれる所以である。「段取り万全で作戦単純に」なるよう、事を進めることである。

段取り段階で準備すべきは、想定される利用可能な「資源」である。どんな行動であっても、時間や金や人手や道具あるいはそのための設備などが必要である。しかし、どのような使用可能な資源でも、限度、限界、制限、制約がある。そして、それらの各資源は、相互に無関係ではなく、むしろお互いに影響し合っている場合も少なくない。だからこそ、事前の入念な検討・吟味が重要となる。

もちろんそのどれもが確定した一定量ではなく、幅があり、ばらつきがある。そういった幅を含めて考えなければならないときには、「範囲」として取り扱った方がいい。範囲とは、最大値と最小値の差であり、上限と下限の隔たりの大きさである。多くの場合は、上限値と下限値の相加平均（算術平均）が所謂平均値である。そして、上限は平均値に標準偏差の三倍を加えた値であり、下限は平均値から標準偏差の三倍を差し引いた値であるとすれば、標準偏差の六倍がその範囲であり、全体の九十九％以上が含有されていると考えられる。因みに「平均値の±（二倍の標準偏差）」には、全体の九十五％程度が含まれ、「平均値±標準偏差」には、全体の六十五％程度が含まれている。このような様相は、「正規分布」の固有の特性でもある。なお標準偏差の値は、個々の値の二乗の平均値から平均値の二乗を差し引き、その値の平方根をとれば得られる。

さて、何事も言葉だけで表現するよりも、目で見えるようにした方がわかりやすく、後々便利である。そういった意味での計画設定時に至極重宝な道具としては、「矢線図」（図表7参照）がある。矢線図とは、仕事（事象）の内容と日程の流れを、矢印で追って表現した図式である。次段階の事象を開始するための前段階に、複数の事象が必要物件として存在する場合には、その複数の事象の完了後に限って、次段の事象の開始が可能となる。この矢線図を使用す

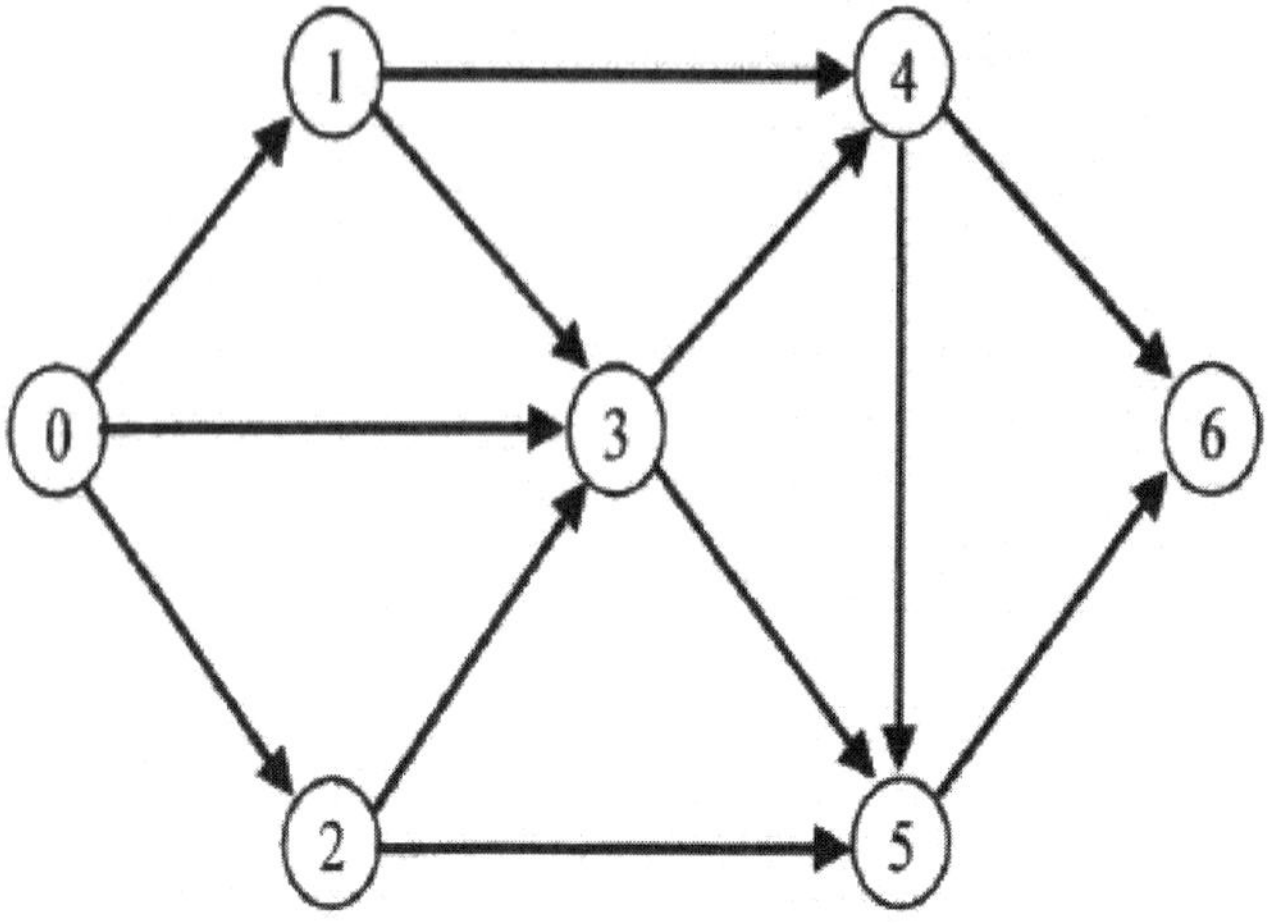


図表７ 矢線図の例

れば、各事象の流れの中で、各事象間の相互の影響や前後関係が明瞭になる。従って、段取りの複雑な仕事や、詳細な工数（資源、手間）配分の図式化が可能となって、計画内容の進行状況を的確に把握・確認することができる。また、最長の経路を探せば、それが最低限必要な活動期間（あるいは資源、等）である。そして、これが遅滞（あるいは不足）すれば全体がそれだけ遅れ、またそれを短縮できれば、終点への到達を早めることができる。終点への到達後に、当該矢線図の全体を見直して本来のあるべき姿をよく吟味し、知的財産の一つとして継承を図ることも可能となろう。

要するに、きちんと計画、段取りしておけば、その修正経過も容易に設定できる。修正した内容も、その必然性も、記録として後日の多角的活用が可能となる。つまりは、それもまた、有用な財産、資産となり得るものである。さらに、計画設定に際しては、多彩かつ広範囲の経験や勘を駆使した「暗黙知」、「経験知」、「伝承知」、などの適時適切な総動員もまた、大いに効果的であることを、特に強調しておきたい。計画時に得られた結果は、矢線図等を含めた諸種の資料として設定明示し、随時の参照に供すると共に、計画内容完了時には、途中経過の反省を含め、その記録（記憶ではない）が貴重な財産として直接的／間接的に継承可能とする責務を認識しなければなるまい。古代ギリシャの頃から伝承されているように、人類の歴史は失敗の歴史でもあり、まさに「歴史は繰り返す」のである。「前車の覆るは後車の戒め」（漢書）である。表面的な差異に拘泥することなく、本質を見定めて事に当たる資としなければならない。

# 第二章　実行力がものをいう
## ――やってみなけりゃわかるまい

前章の「Ｐ（計画）」は、本章の「実行（Do 略してＤ）」のためのものである。機を得て実行しなければ、素晴らしい計画も陳腐化してしまうことも珍しくない。「宝の持ち腐れ」（浄瑠璃・東山殿子日遊）になってはいけない。あくまでも「評定ありて後戦う」（唐書）であるが、やってみなけりゃわかるまいということも多々あろう。しかし、それもまた、実行による成果の一つである。ともかく実行という前進が大事である。また実行した事実をちゃんと記録しておくことも、重要である。着実に実行するためには、行動する力、行動力、がものをいう。単に自分が行動するだけではなく、仲間を動かす力も要る。協力者も、ちゃんと動いてくれることが大切である。それと同時に、実行を陰に陽に妨害する力にも、しっかりと耐え抜き、必要に応じて排除していくのも、実行を進めるために必要な行動力の一つである。まさに「言うは易く行うは難し」（塩鉄論）に直面することになる。

行動の基本は「自ら恃みて人を恃むこと勿れ」（韓非子）ということであり、自分の力量を信頼することが大事であるが、その際「自ら勝つ者は強なり」（老子）とあるように、自己の欲望を適正に抑えることも体得して事にかからなければならない。むしろ「自ら卑うすれば尚し」（史記）ともある。難事ではあるが「自ら見る、之を明と謂う」（韓非子）のように、自分の限界をちゃんと認識しながらの実行が基本である。さらに、実行に際しては、要所要所への「根回し」を怠らずにしっかりとしておくことも、本物の実行力の一つである。暗黙の了解だけに依存してはならない。つまり、実行するということは、人間同士の相互の繋がり、連携、絆、があってこそ、実現可能となっている。換言すれば、関連周辺の社会秩序が成立していればこそ、「D」が成立できる。一見すると個人単位で活動しているような個々の研究活動であっても、その研究社会としての基盤となっている相互の信頼関係がなければ、どうにも前進できないものである。こういった事情は、先頃の理化学研究所における論文騒動の事例を俟つまでもない。

実行を進展させていくと、それに伴う多種多様な実相局面が浮上出現してくる。ただし、それを正確に把握感得すべき能力が不足欠乏していると、実行によって汲み取られるべき貴重な情報が雲散霧消しかねない。そういった機会損失は、予想外に大きいことが後日に判明したとしても、もはや「後の祭り」（歌舞伎・江戸育御祭佐七）、「六日の菖蒲十日の菊」（坪内逍遥・当世書生気質）、手遅れである。実行しながらも絶えず周辺への目配りを忘れず、利用可能な自他すべての耳目を総動員して、関連事項の大小さまざまな変化を見逃さぬよう、気を抜いてはならない。即ち革新脱殻の意気に燃えることである。

実行時に得られる主要物件として、「副産物」がある。何らかの資源を投入しているからには、得られる物件は恥も外聞もなく、見栄を張らず、あくまでも「複眼」的観察で拾い上げる「がめつさ」もまた、有力な実行力の一つである。時には、そういった副産物の方がむしろ価値あるものと判明することも少なくない。時として、その副産物に注目するあまり、実行途中で計画そのものまで変更した方がよいと考えられる場合もあろう。そのようなときは、改めて新規の別計画として、計画段階からやり直すことになろう。それはそれとして、実行中の現計画を、どのように結末づけるかも、重要な実行課題となり得る。計画に基づいて実行に着手したからには何が何でも強引に突き進めよう、と固執し過ぎてはならない。闇雲に猪突猛進するのは不可であり、「進むを知りて退くを知らず」（易経）はまさしく愚の骨頂である。単なる猪武者であってはならない。「君子は豹変す」（易経）が肝心である。そういった冷静沈着な判断による勇断こそが根本であり、「君子は本を務む、本立って道生る」（論語）であろう。何が本質であり何が枝葉末節であるか、の判断が肝要である。そういった抜本直截的判断こそが、直面する案件への大捷を博する根幹であろう。

# 第三章　結果の確認お早めに
## ――複眼思考でしっかりと

「実行（D）」した結果の後に続くのは、「点検確認（Check 略してC）」、「見直し」、である。この「C」がしっかりしていないと、それまでの活動が水泡に帰してしまうことになりかねない。確認の要点は、主観を排して客観による、とするのが原則である。ただし、人間が本来所有する直感力の多角的活用も、忘れてはならない。さらに、自他共に累積してきた数多の点検項目を整理し、安易な重複を避け、論理体系的かつ効率的な点検確認を行うことも、必須事項である。要は、文字通りの「複眼思考」で点検確認するが、その際の投入資源の節減を図ることも大切である。また、点検確認結果の正確で緻密かつわかりやすく整理した記録も重要である。しかし、このように一見して至極当然な事柄であっても、やはり「言うは易く行うは難し」（塩鉄論）である。言行一致は簡単ではない。すべて事態の根源に遡及して熟慮しなければ、根本的な対策は至難であろう。ともあれ、実行後の確認は、いたずらに遅疑逡巡することなく、即時即刻、すぐに、手早く実施することが急務である。

あらためて考えるまでもなく、「Ｐ」も「Ｄ」も「Ｃ」も、その所行のすべては人間の行為である。ところが老生の棲息してきた情報通信学界の大先達である先人が喝破しているように（高橋英俊博士、電子通信学会誌、一九六七年、第五十巻、五三三―五三八頁）、人間の本質は、甚だいい加減な代物である。即ち、

①人間は気まぐれである。
②人間は怠け者である。
③人間は不注意である。
④人間は根気がない。
⑤人間は単調さを嫌う。
⑥人間はのろまである。
⑦人間は論理的思考力がない。
⑧人間は何をするかわからない。

まさにその通りではあるが、ここでがっくりして拱手傍観するわけにはいかない。妙に納得して断念してしまっては、「屁の中落ち」（放屁論、諺苑）そのものである。

このような次第であるから、効果の確認に際しても、事前の準備をしっかりしておかねばならない。そのためには、対象事物を「単純化」して本質を見定め、次いで体系的に「専門化」した上で、それぞれの行動の「標準化」を行う、という三点の事前設定が肝要である。このような「単純化→専門化→標準化」の流れについては、あくまでも実際の役に立つものとしなけ

ればならない。「机上の空論」、「畳の上の水練」、に堕してしまってはならない。従って常に「現場、現物、現時点」で複眼思考し、適用すれば明らかに効果抜群となるように処理する覚悟が基幹である。決められたことだけを淡々とやっているだけという、常時無表情冷眼税金泥棒的「狡務員」根性丸出しは不可である。明らかに不都合なら、その場で即座に即物的に協議し、衆議一決の上で現状に合致するよう、しっかりと「改善」し続けることが本旨本願である。もちろんその経過と結果もまた、的確詳細に明文化および定式化することは、多言するまでもない。なお、このような修正の方策、手順、記録様式などに関しても、事前の入念な「単純化→専門化→標準化」の流れを踏んでおくべきことも、自明の理である。

# 第四章　繰り返しこそ肝要だ
## ――無理・無駄・斑の積み重ね

前記第三章で検討吟味した「Ｃ」の次は、当然何らかの「活動（Action 略してＡ）」に繋がってくる。そうして後に、それまでの「Ｐ→Ｄ→Ｃ」を検討して、次段の「計画（Ｐ）」に役立てることになる。このような「Ｐ→Ｄ→Ｃ→Ａ」という循環過程を敏速快活に回転し続けることによって、次第に展望が開けて拡幅深耕が進捗進展するといった実が挙げられる。このようなＰＤＣＡの繰り返しこそが、個としても集団としても、人間行動には有用である。

このＰＤＣＡの敏速回転で注意しなければならないことの一つが、人生には常に「無理」なこと、「無駄」なこと、そして「斑」のあること、を無用に積み重ねてはいないか、という反省を怠らないようにする点である。これもまた、無意識に行いがちなことである。しかし、時には一見して無理なことでもあえて実施しなければならない事情もある。当初は無理なように見えても、一寸手をつけると意外にあっさり実行されてしまうこともある。また、一見して無駄なように見えても、熟考すれば却って有用なことも少なくない。「無駄方便」、「無駄の効用」

もよくある話である。そして「斑」もまた、日常普段に存在している。巷間「朝晩の飯さえ強し柔らかし」という。毎日の暮らしが、斑の塊でもある。つまりは、世の中に存在している事物行動の本質的特性の一つが、無理・無駄・斑の現象である。従って、要は程度問題である。事態に悪影響を及ぼす事態を、看過してはならないということである。問われるのは、良識の有無である。

このようなあるべき姿の反面教師として、「官僚（役人）」という存在がある。数多くの官僚機構そのものが、愚劣極まる非効率性を抱えており、税金の唖然とする無駄遣いを平然と日常的にしていることは、明々白々の事実である。官僚の生活環境に埋没した大多数は、「長いものには巻かれろ」（俳諧・毛吹草）、「見ぬこと清し」（洒落本・田舎芝居）を以て是としている。この環境に安住してくると、次第に人間的会話、思考、視点の発揚が難しくなり、顔面硬直、暗眼沈鬱、鉄面皮、無神経、不必要な図太さ、諸事無反応、難事先送り／盥回し専念、諸事諸般責任回避奔走、縦割り組織没入墨守といった体たらくである。案件が出来しても、会して議せず、議して決せず、決して行わず、行って顧みず、ということで、まさにあるべき姿のPDCAとは全く逆の醜態を露呈し累積して、権力の不遜な暴虐さにも気づこうとしなくなる。諸事諸般できる方策を考えずに、極力できない理由だけを挙げようとする慣習が、物の見事に身についてくる。日和見的消極論、末梢的愚見、我意に我意の角突き合い、信念もなければ格別の卓見も持たず、只単に自己を繕うため（弥縫するため）に詭弁と口舌の才を以てする。こういった常套手段を唯々諾々として遂行し、退職金と勤続年金の無事確保だけが人生の目的となり果てている。

普通の人間は、学業を終えて官庁的機構に参入できた当初は、前途洋々とした希望に満ち溢れ、各自それなりの華麗な人生行路を夢見て出勤する。生気溌剌とした改革を実現しようと、懸命の努力をすることも少なくない。しかし、いたずらに日時は過ぎていき、やがて次第に、どんよりとした周囲の慣習に狎れていく。そういった人間的堕落の勤務周囲環境に耐えきれずに脱落すると、巷間巧妙に隠蔽されがちな若手の自殺あるいは超早期依願退職という事態が現出してくる。良心的で真面目な前途有為のやる気満々といった新人には、特にこういった見限りないし挫折の傾向が強い。事実としてこのような自殺か退職かの超早期判断様相が毎年繰り返されている限りは、無用な無理・無駄・斑の存在を裏書きし、真のあるべきＰＤＣＡの現出は到底望み得ない組織慣習であるといえよう。残留している大多数の面々は、面倒くさいことには一切関係したくないという本音が大前提となっている。そして日常の多様な面で、極力目立つことなく、「休まず、遅れず、働かず」という伝統的安住の居所に閉居する日々を過ごせばいい、といった真意が露呈しがちである。官僚四十歳定年説が繰り返し提唱されているのも、真に宜なるかなである。健全な民間大衆の構成する「巷の人間術」からは、全く悲惨な程遠い実態であろう。思えば、人生すべてがＰＤＣＡの繰り返しである。しかし、要は適用の仕方次第である。組織の設定と運用、そして改善も、関与する人間自体の責務としなければならない問題である。「賽の河原の石積み」といわれても、やらねばならないと達観すべきであろう。安易な断念は不可である。

# 第Ⅳ部　義理と人情と浪花節

# 第一章　とどのつまりはお人柄
## ――すべて基本はＡＢＣ

「巷の人間術」の根幹は、やはり各自の保有する人間性、つまりは「人格」、「品格」、「品性」であろう。所謂「人品骨柄」ということになる。これには、全世界共通の姿に加えて、各人の「お国柄」もまた、重要な要素となってくる。即ち地域性と民族性といったことである。大自然と人間との関わり合いについても、欧米諸民族の「征服」論調に対する大和民族的「共生」概念を忘れてはなるまい。つまり対立感情と親近感の違いである。例えば「妖怪」に関する感覚についても、「対立」と「交流」との違いがある。日本的風土では、「野暮を排して粋に徹する」ことが根幹として存在し、妖怪についても、知的好奇心の発露といった意味で「博物学」の好対象としている。そういった意味では、例えば百鬼夜行を真面に取り上げている『和漢三才図会』（全百五巻八十一冊、平凡社東洋文庫全十八巻）も、博物学にとっても貴重な文化遺産であろう。そして日本では、古来「粋の存在」に価値があり、著名な『東海道四谷怪談』にしても、社会的歪みの存在を裏書きしており、いわば「反骨精神」の粋な表現であろう。何よりも正当な安寧秩序の姿を念頭に置いているのが、日本人としての民族性である。

現時点までの長い人類の歴史に散見される「人生とは対立物の闘争の過程である」といった様相ではなく、官僚人生のような「物事の本質から目をそらし、徹底して既存権益にしがみつく」醜態を演じないための個性の錬成が、本書の第Ⅳ部の主題である。周辺の大自然への畏敬の念を忘れず、到底人知の及ぶところではないとひたすら嘆息してばかりでもなく、鈍感さのあまり初動が遅くて万事手遅れになる愚を避けるための錬成である。

縷々述べてきたことからも推測されるように、人生とは、紆余曲折に満ちた長い道のようなものであり、上ったり下ったりの繰り返しである。時には大小さまざまに凹凸した人生街道である。そういった予期しない道程であるからこそ、むしろ多様な発見や驚嘆がある。こういった刺激を楽しむことが、「巷の人間術」の一面であろう。つまり冒険を楽しむ余裕を持ち続けることが、人生の醍醐味でもある。事の上下前後左右を見回すことで、新しい発見もある。

「巷の人間術」として人柄をしっかりと錬成していく際のすべての行動の基本となる要諦は、やはり第Ⅱ部第三章で詳述した「ＡＢＣ」である。既述のようにＡ、Ｂ、Ｃの運用を誤らない適正判断もまた、各自の人柄の持ち味である。真のＡＢＣの多角的活用があれば、「禍を転じて福と為し、敗に因りて功を成す」（戦国策）も実現可能な人柄が形成可能である。その達成努力の成果としての自己啓発が相互啓発の基幹であることは、第Ⅱ部第二章で強調したことである。効率的自己啓発の基本として望ましいのは、博学多識の要領把握である。この効率化としては拡幅深耕の習慣づけがあり、個性を生かす創意工夫の持続が肝要である。そして、自己特性としての長短特徴の認知である。そのためには、やはり自他の比較勘案が必要である。その効率化に際しては、「歴史に学ぶ」努力の保持発揚が重視されよう。盾には両面があり、事には成否があり、行動には進退があり、掘り下げには深浅がある。失敗と成功の併立、個有点と共通点の両立、等々のすべての様相が、幾多先人の歩んできた古今東西の歴史に含有されている。問題は、それを紐解いて自家薬籠中のものとする眼力と意欲の発揚である。

顧みれば、人生行路は常に矛盾と相克に充ち満ちている。身近な古来の俚諺にしても、一見して矛盾した存在が数多い。こういったことは、それぞれに必ず適用限界があり、適応条件が存在していることを暗示するものである。然らば、そういった事情は、自己の保有する体験ですべて会得可能かといえば、明らかに「否」である。そのための解決策としては、自己の意見・見解とは無関係な他者の言動からの学習・会得がある。その捷径こそが、「読書」である。ただし「本を読んでも読まれるな」とあるように、書籍閲覧の要は、自分の目で、自分の心で、冷静に読むことである。このための諸様相は、今や若年層に留まらない。末期高齢者にしても、読書を巡る現今の周辺環境は至便この上もない。例えば多彩な「電子書籍」の活用なども然りである。そして「青空文庫」等が提示してくれる恩恵も有り難い。老年の乏しい懐具合に遠慮することなく、多読の機会が得られる。残り少ない生存期間であっても、「好機逸すべからず」が実現容易となってきている。ともあれ読書の習慣こそは、人間としての生涯の宝物といってよい。ある意味では、読書は個性を錬磨する心の訓練である。その累積成果が、ちょっとした拍子に人生を豊かにしてくれる。

# 第二章　人財育成要領は？

## ――千差万別神社仏閣

人間自体は、生まれたまま放置しておいては、社会への適応は至難である。広義の「教育・訓練」が必須である。出生後、幼少時を経て青少年、そして成人となるにつれて、その教育・訓練の内容も方法も、次第に変化していかなければならないのは、至極当然のことである。敗戦前の日本は、人間としての成長の経過につれて、教育訓練に携わる立場の要員に対する呼称も、それぞれの役割分担のあるべき姿をしっかりと見据えて、「保母」、「訓導」、「教諭」、「教授」と区分され、まさに「名は体を表す」様相であった。そして敗戦後に、巧妙にして陰険な占領政策と、それに阿諛追従、あるいは便乗した一連の無責任官僚や、育成の本義をわきまえないデモシカ教員組合の怠惰専一根性等によって、一律に教員という呼称になったことは、永遠に記憶されるべき民族的実相であろう。社会的存在としての基幹事項をしっかりと保育・訓導することなく、「千編一律」（芸苑卮言）に教諭することになっては、発育時の子供たちを被害者とするような、単純労働者としての存在を強調するだけのことである。

本音の眼力で見据えると、現実の人間社会を構成する材料としての人材には、頗るつきのばらつきがあり、まさに千差万別神社仏閣色取り取りの有様である。放置したままではどう見ても役立たずの塵埃的な様態を曝け出している「塵材」がいるかと思えば、世の中にこういった人間がいるのかという珍奇の感を持たせる「珍材」も存在している。どう考えても廃棄したくなる「廃材」もいるようだし、普通からは並外れた「奇才」や「鬼才」も、見受けられよう。その反面、姿形も行動も貧弱極まる「貧材」もまた、巷間よく見られる。さらに、惚れ惚れと見惚れたくなるような出色の人物、即ち「偉材」も存在している。また、社会の至宝ともいうべき財産的な「人財」も、確かに存在している。その一方では、箸にも棒にもかからない臭気芬々たる「腐材」の存在も、認めないわけにはいくまい。こういったような多彩多様な人間が混在し、共存し、交流し、協力し、相互に影響し合い、競合しながら変転しているのが、人間社会の現実の姿である。そして世の中のすべては、有為転変そのものである。どのように閉居しよう、孤立しよう、逃げ隠れしようとしても、所詮は開かれた社会であり、さまざまな周辺環境の風に吹かれて動揺し、変貌し、栄枯盛衰していく。時の流れと人の身の変遷は、如何ともなし難いものである。

然らば教育・訓練の目的は何かといえば、「原石を研磨して宝石と化す」のが最高の成果であろう。「金剛石も磨かずば玉の光は添わざらん」（昭憲皇太后御歌）である。「少壮努力せず老大いたずらに傷悲」（古楽府長歌行）とある。また、「少壮幾時ぞ」（漢武帝秋風辞）ともある。

既成の人財がその辺にころがっているわけではなく、塵材の頃から意欲的に育成しなければならない。その育成に着手する前に、極力育成し甲斐のある素材に巡り会いたい、というのが偽らざる人間の情であろう。そういった視点から、「伯楽」的立場で、いくつかの望ましい素材特性を、精粗取り混ぜて列挙してみよう。これらは「論理和（ＯＲ）」ではなく、「論理積（ＡＮＤ）」として、必須的なものと考えた方がよい。

（１）風貌：面接時の第一要件

①明朗闊達
　全体的に陽性な感を受けるのがよい。人類の苦悩を一身に集中させたような陰顔は不可である。明るい存在感が、大切である。

②視線不動
　目玉が、右往左往してはいけない。相手をしっかりと見ていることが大事である。

③速歩整姿
　姿勢を正して、颯爽と歩くのがよい。顎を出して、のたのた歩いていては、見込みなしである。

④口唇固閉
　きりりと引き締まった口元が、大事である。あんぐりとだらしなく口を開いていては、不可である。

⑤座姿整然
　電車の中などで、座席に浅く腰掛け、短脚を前方に投げ出しているなどは、全く以ての外である。
⑥頬杖皆無
　怠学的大学で見られるような、頬杖をついて呆然と対応しているなどは、到底前途の見込みがないことを示唆している。
⑦貧乏揺すり絶無
　落ち着きなくそわそわしているのは、糞尿が滞留して今にも噴出しかねない場合以外は、相手にする価値がない。
⑧腕組み全無
　当初から拒絶反応を示しているのでは、話にならない。それが習慣となってしまっていては、なおのこと孤立してしまう。
（2）文書記述：文章作法体得可能は必須条件
①誤字脱字僅少
　義務教育水準を保持していなければ、錬成に要した勢力（能量）・時間・心労を、溝泥の中に放擲する結果となる。
②句読点使用適正

息をつくところと、結びのところを明確にする。また、一つの終了点までの中には一つの意味を含ませる、といった基本が体得されていないようでは、前途多事多難である。

③短文接続

構成要素の階層構成が不分明では、砂上楼閣的徒労を累積してしまう。

④接続詞適正

多様な接続表現で文章の接続様相を活性化しないと、読み難くなる。

⑤段落設定過不足無

意味の変わる箇所には段落を置いて方向転換するように、しっかりと留意することが大切である。

⑥結論明示

何が言いたいのかを、一目瞭然と明示することが重要である。

⑦起承転結明確

全体の流れとして、主題設定とその承継、そして一転して別種の境を開き、鮮明に全体の意味を結合する、という系統化が肝要である。

⑧時間厳守・枚数厳守

所定の設定条件の枠が守れないようでは、使い物にならない。時間切れや枚数超過は厳禁である。

（3）対談印象：自己・相互啓発の基本が体得されていることの確認が根幹

①即時対応

応答に間を置いてはならない。間が空くようでは、理解が遅いことになる。

②論点明快

丁々発止のやりとりが大切である。論旨がずれては対談にならない。

③応答適切

付加価値が判断できる応答でないと、進展はない。ピンボケは不可である。

④冗長不要

要を得た表現が重要である。論題にないことや枝葉末節に、不用意に走ってはならない。

⑤言語明晰

「エー、アー、ウー、ソノー、ソレハデスネー」等は絶無としなければならない。声量がなさ過ぎたり、発音が不明瞭では、効率が悪い。ただし、言語明晰にして意味不明瞭では、国会議員としても悔いを残すだけの噴飯物である。アナウンサーだけではなく、顧客や来客あるいは訪問先での問答、そして講演などでも、さらには管理職としての言動もまた、事の次第は同様である。

⑥明朗簡潔

明るく、簡単明瞭に面談できなければならない。陰々滅々とした暗く尾を引く対談では、成ることも成らない。

⑦愉快感覚
　冗句にならない程度のジョークが、潤滑剤として望ましい。自然体でジョークが出てほしい。所謂頭の回転の速さを物語るものであることが、有効である。
⑧前向き発言
　不可能な理由を滔々と並べ立ててはならない。何とかして少しでも進歩しようという発想が、提示されなければならない。常時の「プラス思考」の保持が必須である。

（4）錬成時の対応：流した汗こそが豊かな収穫を約束する
①負荷率は当人の自覚水準を百％と考えての百二十％
　常に達成可能限界ぎりぎりの目標を掲げれば、自信も激増する。人間は、とかく自分には甘くなりがちな動物である。
②不具合改善率は現状の二割減で早期半減達成
　〇・八の三乗は、〇・五ぐらいとなる。つまり二割減を四ヵ月毎に繰り返せば、一年後は半分になる。その方が一年後に半減という目標よりも確実であり、達成感も三回味わえることになる。
③有言実行の習慣づけ
　仲間に公言することによる目標設定開始効果と、それによる交互作用的相互啓発を期待できる。

④記録づけの習慣化
記憶に頼らず記録に頼る習慣づけと共に、記録技術の文書化要領を体得できる。
⑤伝承メモの習慣化
箇にして要を得た伝承記録の累積により、日常的な水平（横）展開とノウハウの体得化を、具体的に推進できる。
⑥PDCAの急速回転
計画から実行と点検を経て次の計画の改設定へと進むサイクルの体験を繰り返して、個性を活用した「守・破・離」の自信を確証できる。
⑦水平展開に留意
「徳は孤ならず必ず隣あり」（論語）を体感し、仲間作りに役立つ要領を把握できる。
⑧反面教師の活用
「べし」よりも「べからず」の方が、チェックリストとして有効な点に注目し、「失敗に学ぶ」ことの有効性を習得する。
⑨「報・連・相」は大常識
適時適切な報告・連絡・相談は、常識中の常識である。

（5）リーダー的業務への基礎能力：牽引力がチームの可能性を決める重要な要素となる

①活力

勢力（能量）が基盤である。気力と体力の充実が肝要である。瞬発力と耐久力、そして回復力、気分転換力である。

②意思力

陽には、やる気・想像力・実行力となって現れ、陰には、忍耐力・理性の保持である。勇断力にも通じる。時には「泣いて馬謖を斬る」（十八史略）といった必要もある。

③責任感

権限と責任が随伴することを意識すると同時に、「権限の委譲は責任の委譲にならない」ことを忘れない。

④包容力

「酸いも甘いも知っている」（浮世草紙）ことが重要である。その上で「清濁を分かつ」（平家物語）ことになる。それこそが、生きた知恵である。

⑤知識力

洞察力つまり先見性を含め、既成の専門領域の枠を超えて、常に拡幅深耕の実を挙げ続けなければ、「秒進分歩」の場でのリーダーシップはとれない。

⑥説得力と納得力

黒と白の差異だけではなく、時には黒を灰色にぼかし、時にはあえて黒を白と言い切る「説得力」が、リーダーの責務である。それは「半知一解」の「納得力」と組み合わされたものでなければならない。説得力と納得力の両者の相乗積こそが、真の「理解力」である。

⑦縄張り拡大力

他責であっても自責と主張することで、活動可能範囲が拡張される。自責を他責に擦り付けたら、信用失墜と活動縮小を余儀なくされてしまう。そういったリーダーの背中を直視させることが、動機づけにもなる。

⑧伝承力

後継者の育成は、リーダーの重要欠くべからざる責務である。日常的な「ＯＪＴ」の場、他との交流、外部的活動、後進指導、といった機会の設定を、意識的・計画的・臨機応変的に実行し続けることである。

縷々述べてきたような人財的特性の涵養は、一朝一夕にして体得できるものではない。意識した育成・錬成・研磨が肝要である。ただし、原石の磨き方を誤っては、元も子もない。磨き方の上手下手、巧拙によって、結果には雲泥の差異が生ずる。その際に心すべき諸点を、順序不同で列記しておこう。

①学歴を過度に重視してはならない

現在の大学の多くは、実情「怠学」である。教員の質もどんどん低下している。大学進学率が異常に高く、少なくとも底辺に関する限り、格差はなく、一様に駄目である。親に頼まれて、ひたすら漫然として在籍したまま、心太式に押し出された徒輩も少なくない。高等学校もまた、その予備軍に過ぎないことが多い。

②氏や育ちを安易に信用してはならない

今までにどれだけ苦労してきたかという、逆境を生き抜いた経験が大切である。逆境に揉まれた人間は、創造と飛躍の可能性を高く保有している。そして氏や育ちの良い人間は、一旦逆境に遭遇すると、それに潰されてしまって二度と立ち上がれない可能性が高い。

③母親が子供の全面に出しゃばるような一味徒党を信用してはならない

このような徒輩は、万年指示待ち人間か、陰気な白眼オタクになっている無表情者が多い。明日はない身である。うっかりして溺愛過保護の腐れ萌やしを飼育するような羽目に陥落したら、百害の源になる。

④学校の成績をそのまま当てにしてはならない

小中高校や大学のいずれにしても、卒業後の幾多の実例が、明確に立証していることである。

⑤陽気な珍材や奇材を放置してはならない

規格外の存在こそ、既存の枠を超えた付加価値の発揚の源である。「嚢中の錐」（史記）の素材である。桁外れの人物が、「所を得る」（徒然草）ことが重要である。そして、それを見抜くのが、伯楽の生きがいとなる。

⑥人柄の良さに依存してはならない

矢玉の飛び交う第一線の仕事場としての浮き世では、責任感の薄弱な、優柔不断の材である温厚誠実ないい人、というだけでは、到底責任者は務まらない。結局のところ、定見のない無能ぶりを発揮することにしかならない。

⑦身体障がい者の活用を回避してはならない

身体障がいの多くは、当人の責任ではない。苦難に接しながらも卓越した逸材として、逞しく活躍可能な人物が数多い。貴重な人財の素である。

⑧「多足の草鞋」を咎めてはならない

現代は、二足の草鞋では不足である。溢れる才能を存分に発揮させるのが、重要な動機づけである。世間様に信用される能力を存分に錬成することで、本務に対する責任感も強固になるのが、通例である。専門外の能力を、多角的に活用することである。

要は、才能を型に嵌めて鋳つぶすような愚を避け、可能性をとことん引き出して生かすことである。「嵌め殺し」は、窓だけでよい。

こういった人財の集成によってこそ、破滅の惨劇に耐え抜いていく力、破滅した巷の再建を可能とする力が湧き出してくる。現実性や独創性の体得は、多次元的な努力の継続でこそ、堅固に鍛えられるものである。

# 第三章　民族性も無視できん

## ――文明と文化の絡み合い

人間社会の常として、理想論一点張りでは、すべての事態はその方向に動かない。古来「水至って清ければ則ち魚無し、人至って察なれば則ち徒無し」（孔子家語）という。「水清ければ魚無し、人智明なれば友無し」（福翁百話）でもある。「酸いも甘いも嚙み分ける」（浮世草子）ことが大切である。「清濁併呑」を旨とすべきである。そしてまた、「性は猶杞柳の如し」（孟子）であり、「性は猶湍水の如し」（孟子）である。即ち人間の本性も善悪いずれにもなり、当人の後天的努力の効果が多大である。生来の「生知安行」（礼記）は望み得ない。その際に、当人の生育してきた諸環境への考慮も、必然である。現在の地球上の各国は、それぞれ固有の民族だけで存立しているわけではない。むしろ各地域の長い歴史と文明開化の激進と共に、地球は相対的に狭隘となり、各民族間の交流・混淆が加速度的に進展していることは、至極当然の姿である。しかし、このような巨視的考察の認識と共に、各民族性の内部における地域性の存在も重視する必要がある。そこには文明と文化の絡み合い、共通性と固有性の衝突による影響も現存している。冷徹な観察力を遺憾なく発揚して、現実の様相をしっかりと直視することが、「巷の人間術」の一環として肝要である。

現在の日本は、所謂近代国家としての様相が、明治維新以後を主体とみている趣がある。この明治維新の主要案件の一つが、廃藩置県による中央集権政府の設定であろう。この時の中心となった「薩長土肥」の中で、強力な推進力を発揮したのが薩摩藩であった。同藩は、激動期に本領を発揮する力強さ、即ち歴史を見通す大局観としたたかな現実主義、そして蓄積した密貿易の利益による殖産興業の実績、といった勢力（能量）を発揚した。明治維新時の同じ仲間の長州藩は、古来権謀術数を巡らすことに長けており、同藩の仇敵徳川幕府を徹底的に倒壊させることに、異常ともいえる怨念復讐的情熱を燃やした。換言すれば、薩摩藩の豪放磊落さに比して、長州藩の執拗な陰険さも対比されよう。また、当時の直接的被害を受けた東北（奥羽）諸藩では、謀略性のない誠実な会津藩を筆頭として、いずれも現在に残る疵痕を保有する結果となっている。

薩摩藩が鹿児島県に、長州藩が山口県等に、会津藩が福島県の一部に、仙台藩が宮城県に、それぞれ名称が変わっても、各藩の固有の人間性が、陰陽さまざまな形で現存し、明治維新の怨念を引き摺ってきていることは、建前ではなく本音のところ、明々白々の実情である。当時の強力な仙台藩を恐れて、西南戦争直前にも仙台藩の北部を、活力不足で無難な南部藩に割譲させていたずらに広大過ぎる岩手県を形成したり、同時期に南部藩の一部を津軽藩に割譲させて青森県を形成したことなどの無意味さは、「白川以北一山百文」と軽侮したときの藩閥政府の無責任さを如実に物語るものとして、当該被害地区の日常生活の中に、さまざまな形で未だに暗影を落とし続けている。その一方、おすまし顔の時勢便乗一点張り長袖公家の巣窟であった京都は、未だに固陋頑迷にして臆病風に吹かれっぱなしの、面従腹背的追従言動厚顔保持者の巣窟的な古都として、悠々と息づいている。

こういった様態は、現在の都道府県制度と相違して、各々の藩や大名に多大な「自治権」が許されていたことに由来している。幕府は現在の政府のような国家権力など持たず、各藩は現在の地方自治体ではなく、藩力と格に応じた差異はあっても、幕府とは独立した政治を独自に保有し、文化的にもそれぞれが自立した土着的様相を保持していた事実によるものである。表面的な均等化は、建前に過ぎない面も忘れてはなるまい。以上のような巨視的、微視的な実相は、建前ではなく本音の領域である。各民族の信仰する宗教の影響に関しても、心情は同様であろう。いかに建前を振り回して声高に論じても、本音の行動を変更することは至難の業である。

大自然のもたらす風土気候が人間社会に及ぼす影響は実に多種多様であり、小さな集落ごとにも微妙な相違を生ずる。長い歴史を経るほど、そういった違いは大きくなっていく。地球全体でも、事の次第は同様である。このような実相を踏まえて「巷の人間術」を考えると、廃材や腐材とみられる連中への対処方策も、同工異曲である。建前的な綺麗事で済まさず、しっかりと腰を据えて取りかからなければならない。眼前の非難攻撃や袖縋りの泣き言に屈して、必要な勇断を失ってはならない。それは、当人の人生にとって、かえって不幸を招来することになる場合も多い。安易な見せかけの同情などは大禁物である。心情吐露に際しても、機を生かす発想が大事である。こういった視点から、人財育成に際しての補遺的諸点を列記すると、次のようなことが挙げられよう。

①「悪貨は良貨を駆逐する」（グレシャムの法則）
　少数の腐材が全員に悪影響を及ぼす。見逃したり、目をつぶったりしてはならない。
②「兵は神速を尊ぶ」（魏志）
　患部の検出と切除は、大いに急がなければならない。手遅れにならないように断行すべきである。意気地なしの悲鳴などに、たじろいではならない。
③「類は友を以て集まる」（歌舞伎・極付幡随長兵衛）
　放置しておくと、事は一人だけへの対応ではすまないかもしれない。常時関心を持って、気を抜かずに見守る必要がある。そういった意味でも、良い友を得ることは、生涯の財産となる。そして人生では、出逢い、巡り合い、邂逅が大切であり、「友を選ば書を読みて、六分の俠気、四分の熱」である。
④「柱は以て歯を摘すべからず、簪は以て屋を持つべからず」（淮南子）
　材には、それぞれの用途がある。適材適所が重要である。無理矢理に鋳型に嵌め込むような、個性無視であってはならない。
⑤「三度肘を折りて良医と為ることを知る」（春秋左氏伝）

一度の失敗だけで無能と断定してはならない。ある程度の失敗を体験することによって、将来性が発芽してくることもある。

⑥「孟母三遷」（古列女伝）

職場や勉学の場を変更することで、埋没していた才能が芽生える場合も、少なくない。転勤、転属、転職、転居、転場、転所、転地ということである。

⑦「背水の陣」（史記）

在来の保有経歴のすべてを棄却して、全く別個の職業についた方が、却ってやる気を覚え、意外に素晴らしい人生の転機となることも多い。いわば絶体絶命の立場で、事に当たるようにすることである。

⑧「男児当に死中に活を求むべし」（後漢書）

人生で取り返しのつかない衝撃的事実に遭遇した場合には、逃げずに真正面から見つめるように、嚮導する。即ち、一時的な挫折や衝撃的受難で、心神喪失の場におくことである。

いずれにしても、当人がその気にならない限り、即ち自立性がなければ、人財化の努力は無駄であり、水泡に帰する結果となってしまう。「仏の顔も三度」（浮世草子）である。一時的な不平不満や苦情あるいは恨み言の羅列を恐れて、いたずらにずるずると措置を引き延ばしていては、無責任の悔いを千載に残すだけのことである。安易な現状維持は、相対的にみて即退歩に繋がる。機会損失の恐ろしさは、結果的に多大なものとなる。つまり現状での自己満足は、最大の敵となる。努力すればよいのではなく、努力の使い方が重要である。換言すれば、局部的最適化の積み重ねは、全体的な最適化を約束することにはならない。実際、鋳型に嵌まり込んでしまった妄念を払拭するためには、生まれ変わりを待つ以外にはないと感ずるのが、冷たい目で見た現実であり得る。結局、廃材・腐材の即時再利用は、実行至難の事態である。実情としては、自立性を妨げている周辺の障害を、一つひとつ根気よく除去し続けていくことになろう。そして、その多くは徒労に帰すことも、十分に覚悟しておかなければなるまい。

成長の可能性が少しでもあれば、挫折や停滞を経験しながらも、集中力と緊張感の錬成が可能である。つまり、他人の評価に耐え得るものが、何か見えてくる。途中段階でのその場限りの傷の舐め合いや凭れ合いからは、何物も生まれない。また僅少な向上では、忽ちにして急速な荒廃が始まり、すぐ旧態に戻ることになる。多少の揺らぎに耐え得る改善水準を、しっかりと保持できなければならない。特に、高度文明という光に伴う陰として出現する敗者については、救済が至難である。一般に、高度文明の被害者は、知らず知らずの間に拡大していく。そして、量的に少ない間は社会的問題にならなくても、ある限度を超えてしまうと、途端に被害が甚大なものとなる。しかも、後遺症が残りがちである。その対策には甚だ長期間を必要とすることが多く、その際、民族文化との関連を必要とする場合が少なくない。さらに、放置しておくと、当該文明の進展と共に、急速に事態の悪化が増大してくることになる。やはり基本的には、源流清洗を行い、先憂後楽を徹底させなければならない。要は、廃材・腐材の醜状を露呈する前に、個性に合致させた入念な方策を実行してみることである。そのためには、塵材的存在の心身が生育していく過程で、次のような諸点に注目し続けるのが効果的である。

①挫折感を乗り越えて達成感を得るためには、徒労を避けてはならない。必要な基礎は、あまり面白くない仕事の積み重ねの中に、伏在していることが多いものである。
②確信を持つためには、体験しかない。しかもスランプに落ち込んだときに不安をかき消すためには、体を痛めつけたときに出現した確信が、最大の救いとなる。
③失敗し、その無様さを他人の眼前に曝して判断してもらうということを繰り返しているうちに、成功する勘所が会得されるようになる。
④代替案なしの批判からは、何も生まれない。
⑤論理的な首尾一貫性を以て話すことが、強い日常的信念となり、迫力を生むようになる。
⑥熱情さと労力を厭わない忠実さこそが、いろいろと有用な情報を得る根源であり、さらに、いったん緩急あれば即座に走り出すような腰の軽さも、大切である。
⑦自分の論理の欠陥や知識の不足を知らされて愕然とした事項については、そこから再考し、調べ直し、方法の誤りを訂正して進むための重要な点検項目であると、考え直さなければならない。反論してくれる人には感謝して、再び訂正した自分の意見を開陳し、さらに反論してもらうようにして、自分自身を錬成していくようにする。
⑧常に諸種多様な理論を必要とするが、それはあくまでも理論のための理論ではなく、実務

の幅と深さを強大にするための理論としなければならない。
⑨さまざまな側面を考え尽くすことが重要であり、簡単に割り切るよりも遥かに粘り強い頭脳と、決して断念しない強靭な精神力が、肝心である。
⑩芽が出ない状態のときに、強烈な努力の積み重ねがあったか否かが、その後の進展の決め手になることが多い。
⑪努力の傾注に関しては、量よりも質と方法に問題があることが多い。
⑫連絡を間違えず、歪ませず、漏らさず、遅らせず、不足させない習慣が大事である。
⑬常に長期および短期の目標を設定して、それに挑戦していくことを、習性づける必要がある。

このような諸点を体得して発揚する際には、理知よりも激情が勝利を占めてはならない。真剣であり熱心であるということと、冷静であり理性的であるということの困難さを、常に想起して事に当たらなければならない。それこそが、真の「平常心」であろう。

# 第四章　歴史の教える人間術
## ――洞察力がものをいう

日本の保有する民族性を生かそうとする場合に肝要なことは、GNN、つまり「義理と人情と浪花節」という体質への注目である。気前が良くて、任侠心があり、人情の機微がわかる、ということである。ただし、表面的な解釈で事の本質を誤ってはならない。例えば学閥、閨閥、門閥、民族閥、組織閥、利害閥、官閥、財閥、系列閥、国閥、趣味閥、同好会閥、宗門閥、族閥、藩閥、同窓閥、血縁閥、郷里／故郷閥、等に拘泥して大義を滅することではない。表面的誤解で安直に行動してしまう典型的存在が、官僚組織に蠢く醜態徒輩である。微温湯大学などを心太式に押し出されてストレートに官僚機構に組み込まれ、温室育ちのままで馬齢を加え、生物的老耄時迄、ひたすら安穏な日和見主義者として生活していたのでは、本来の義理と人情と浪花節は馴染まない。官僚的本性は、難事出来時に露呈する。官僚養成大学から外務省に入省した二人の事例も、生々しい。一人は途中から国会議員を経て旧南部藩主体県の知事となったが、東日本大震災時にも、為すところなく呆然の態が顕著であった。被災沿岸市町村への応援職員派遣も渋り、率先した復旧対策の姿も見えていない。取り巻き連中に依存して主体性なく、只自己安穏生活第一の様態は、もう一人の同省定年後（最後は大したこともしなかった大使）の球界連合会首脳が、野球で大事な硬球選定の際に現場の選手一同の非難を生じた醜態と同根であろう。どちらも危急存亡には無縁の「害」務省出身の所為であろうか。いずれも、不当な高給詐取の輩といえよう。非常時に遭遇しても、正常時の規則や慣行だけで押し切ろうとする因循姑息一点張官僚組織の無情冷酷さの中にどっぷりと浸かってきたような、魑魅魍魎の世界の住人が露呈する非人間性の対極にあるのが、本来のGNNの温かさである。さらに、理工系の事例についていえば、前記ご両人と同じく、我が国最大の税金額を投入している大学で、オペレーションズ・リサーチ（OR）を専攻しても、見当外れの詭弁論議をし放題の朦朧錯誤元首相の如きは、国費を冗費として浪費して恥じない金満廃人ぶりを遺憾なく発揮し、報道面を無用に賑わしているだけの唾棄対象徒輩に過ぎない体たらくである。由来人間は、苦しいときよりも却って得意満面のときに、堕落するものである。

義理と人情と浪花節の真のあるべき姿は、市井に棲む庶民の行動にある。戦時の空襲被害時、大自然災害時、等の不慮の事態に遭遇した際に、しっかりと物をいうGNNの自然的、自発的発動による効果的救援活動の実態は、市井の庶民の歴史の中に、燦然たる光彩を放っている。要は、人の情けの吐露である。この民族的良さとは何かを問うときには、必ず歴史に回帰する。そこでみられるものは、人間尊重の資本主義であり、働く人主体の資本主義であろう。欧米流の資本主義とは、明らかに一線を画するものである。また世の中の動きは、守る人間と創る人間で以て構成されており、その双方が両立していることが肝要である。創る人間が世の中を変化させ、守る人間が秩序を維持している。その双方の良き平衡を実現してきた人間性としてのＧＮＮが、大和民族の歴史の中には、さまざまな形で記録、伝承、継承されている。官製の形骸的歴史だけにしがみつき、民間に散在している市井の歴史を学ぼうとしない官僚徒輩の醜状は、「巷の人間術」の立場では、まさに好個の「他山の石」（詩経）である。本来の人間は、現在を生き抜くために、あえて過去を見るものである。即ち、すべて歴史というのは、現在の人間が現在の眼力で歴史を見定めて記録した時代の反映であり、そういった意味では、あらゆる歴史は現代史の一部である。「古を以て鏡と為せば以て興替を知るべし」（貞観政要）という。もちろん「古を以て今を制すれば事の変に達せず」（史記）に留意し続けるべきは、当然の事理である。

これからの日本に生存しようとするならばそこに暮らし続けた先人が育んできた優れたもの、良いものを意識的に検出して伝承する時代を迎えている。巷の無名の人々の智恵と工夫の積み重なりこそが、伝統であり、文化である。そして、それを支えるべき日々の営みは、まぎれもなく本物の文化であり、地域の営みそのものである。その暮らしが失われたときは、その文化の再生は容易なことではない。先頃の東日本大震災の被災状況を直視してほしい。いたずらに高額の税金を巻き上げて、勝手な大判振る舞いに奔走否暴走するなどは、沙汰の限りである。近隣某国のような拝金第一主義、自家族の生活だけ安穏繁栄で他人は顧みようとしない完璧排他個人主義、表面平等内面差別、狭隘根性の権力争奪、自然災害助長政策推進／持続政治、等々の頻出で地球滅亡の一途を辿る惨状を、いたずらに容認し続けてはならない。卑怯というのは、言い換えれば、自信が足りないということでもあろう。天の声が聞こえない者には、鉄槌が必要な場合もあろう。我々の現存する巷の歴史を直視すれば、愚痴は泣き言であり、亡国の声でもある。昨日までの仇敵の長所を細大漏らさず探求し、摂取し、自己の短所を猛省し、その要点を腹中に畳み込み、積極性と包容力と咀嚼力を遺憾なく涵養して、安心して悠揚迫らず、堂々と勇往邁進することが、「巷の人間術」の要諦である。安直に運の良い悪いというが、運は人生を切り拓こうと努力しない人間のところには回ってこない。果報は寝て待たず、歩き、走り、懸命に探し回って待たなければならない。安易に人為的な法律や規則や機構や権力の奴隷に堕してはならない。愚直にして華麗、冷徹にして情熱的、闘争本能に溢れながらも滋味に溢れ、波乱万丈の人生に邁進できる「巷の人間術」もまた、義理と人情と浪花節に裏付けられたものである。

見方を変えれば、絶望は最悪の行為であり、自滅もまた、然りである。それに対抗する力が、「誠」の積み上げである。体験した者だけが可能な悲しみや悔しさからこそ、生きる力、変われる力、継続できる力、が生成される。しっかり情熱と覚悟を保持した自己錬成の力が、日々に具備されていると信ずることである。そして、我執と反抗から脱して謙仰と調和への道程を辿られるものとなる。見方を変えれば、運命は「無計画の計画」であり、大自然の「摂理」でもある。人生の危機に誘い込まれるのも運命であり、その危機から救出されるのもまた運命である。そう考えれば、人生で出現することはすべて、その人にとって必要なことである、とみるべきであろう。

本来のあるべき姿の道徳律は、常に相反する二つ以上の掟を人間に課しているから、善は急げか急がば回れかは、大人としての判断をしなければならない。また人生は、積極的に「取らぬ狸の皮算用」、「飛ぶ鳥の献立」をして先へ先へと猪突猛進する勇気が大切な一面で、「転ばぬ先の杖」、「濡れぬ先の傘」を手当てすることも肝要である。そのときに役立つ「巷の人間術」が、老人の知恵である。

平均寿命を超えて末期高齢者になると、それまでの人生行路と若干相違したことに、あらためて気づく場合も少なくない。痛感することは、一日が長くて一年が短い、自分の食い扶持を稼ぐのが容易ではない、賢妻にして愚夫なるを認知する、現世に金のなる木は生えていない、がらくたを片付ける体力気力が欠落している、老いの前触れを自堕落の契機にするか新しい飛躍台にするかの個人差が大きい、万人向けの薬効はない、背中は丸くなっても人柄は円くならない、手先と口先の差が増大してくる、等々である。このような人生行路の中で得た知恵を、多角的に取捨選択して活用することも、貴重な「巷の人間術」であろう。洞察力にものをいわせることである。なおあえて付言すれば、先頃の東日本大震災で自然的に浮上した縁《えにし》、絆《きずな》というGNNの発露は、所詮官僚理念とは無縁のものであり、官僚養成専念大学を出て自己保身汲々の要領だけを体得できた役人（実は厄人あるいは疫人）根性などからは、到底理解不能な全くの別世界・異次元の事象であろう。そういった視点からは、厄人あるいは疫人的な不適格者を、定年まで雇用し続けるくらいの無用な出費はなかろう。そうならないためには、多種多様な潜在能力の顕在化の持続が必須である。人生行路の随所で遭遇してきた古人の片言隻句を大事にすることも、そのための要領の一つである。人生のすべては、容易に「生知安行」（中庸）とはいかないことを、しっかりと覚悟して事に当たることもまた、「巷の人間術」である。所詮は、「煩悩の犬は追えども去らず」（歌舞伎・千歳曽我源氏礎）、「罪悪深長」の人間街道である。

# 要するに
## ――政宗公遺訓に学ぶ：論理と倫理と情熱で

陸奥仙台藩の初代藩主伊達政宗公（一五六七―一六三六）、世にいう独眼竜政宗公は、時の古今と洋の東西を問わず、人生の要点として有用な五項目「仁義礼智信」のそれぞれについて、次のような遺訓を明示しておられる。

仁に過ぐれば弱くなる
義に過ぐれば固くなる
礼に過ぐれば諂いとなる
智に過ぐれば嘘を吐く
信に過ぐれば損をする

このいずれも所謂中庸、即ち平衡感覚を保持することの重要性を、端的に明示している。何

事も程々である。競合、譲歩、妥協も大切である。また、

物事、小事より大事は発《な》るものなり、油断すべからず

ともある。「些事を忽せにする者には大事を託すこと能わず」である。なお、その後三百年を経て生を享けた夏目漱石（一八六七—一九一六）は、『草枕』の中で、

智に働けば角が立つ。情に棹させば流される。意地を通せば窮屈だ。兎角に人の世は住みにくい。

と述べている。謂われ因縁故事来歴の提示している理は、現世の市井の人間術そのものでもある。

このように、世の中は理屈通りにはいかないという。自信を持って「中道」を歩むことの難しさである。それに対する処方箋の一つが、「ＬＭＭ」である。即ち、「論理（Logic）を正しく、倫理（Moral）を保持し、情熱（Morale）を発揮して事に当たる」ことである。これは、進むべき進路あるいは採るべき方策や採択すべき手段を冷静に熟慮し、その論理や筋道を明確に認知・理解すると共に、その詳細内容の倫理性を確保して人倫に悖るものではないことを確認し、同時にそれを遂行・達成する情熱を存分に漲らせて実現する、といった筋合いである。そ

の際に有用・有効で大いに活用に値するものが、第Ⅰ部から第Ⅳ部に紹介したことどもである。即ち、第Ⅰ部の主題である経験と勘と度胸の多角的活用に対しては、特性要因図、相関図、パレート図などの治工具的設定と、計画的記録の重要性を強調した。続く第Ⅱ部では、仕掛けと躾とお付き合いに注目し、思考・試行の要点、自己啓発と相互啓発の相乗積、「ABC」即ち当たり前のことをボンヤリせずにちゃんとする重要性、そして積年の拡幅深耕的苦労を生かす柔軟思考の要領、を検討した。さらに第Ⅲ部では、PDCAの急速回転効果の多角的発揚を期待して、段取りから実行を経ての見直し、さらに効果確認と対策措置の要点を、単純化、専門化、標準化の活用と共に吟味した後、無理・無駄・斑の排除続行を考察した。最後の第Ⅳ部では、義理と人情と浪花節の理念を踏まえて、人柄の大切さと「ABC」の多角的活用を開陳し、人財育成要領を根底から考察した後、民族性の裏に潜む文明と文化の相克を検討すると共に、多彩な歴史を洞察して学ぶべき人間術の重要性を要約した。

いずれにしても、日常生活の積み重ねの中で得られる「暗黙知」や、社会生活の組織的な過程で習得される「組織知」、さらにいろいろな場で纏められた「形式知」などを総合的かつ多角的に活用していくことである。極力共有化と伝承を継続しながらも、「歌は世に連れ世は歌に連れ」（諺苑）の面も忘れてはなるまい。要は、自然の理に気づくことでもある。古来「天網恢々疎にして漏らさず」（老子）であり、「好事は門を出でず悪事は千里を行く」（北夢瑣言）という。それに気がつくか否かが、人生の岐路となる場合も少なくない。形骸的、名目的な「事実」に拘泥することなく、機に臨み変に応じて、裏に潜む「真実」を検知・解明・活用することである。それこそが、明敏にして誠実な人生行路の要諦であり、人間としての愛情を踏まえた創造と調和への道であろう。二宮尊徳翁には遠く及ばずとも、気魄と機知と明智な論理、さらに自然なユーモアという気働きの感得を忘れない人生を送りたいものである。

# 蛇足……現場・現物・現時点

人間は、時々ふっと思い出すことがある。実に些細なことなのだが、いつまでも忘れられない印象深いことも少なくない。東日本大震災の十年近く前、東北新幹線の盛岡行き下り列車の車内のことである。朝、定刻に東京駅発車の後、ふと気がつくと通路を挟んだ隣席（指定席）で一人の男性客が新聞を読んでいた。その横顔は紛れもなく、著名なノンフィクション作家であった。彼は当時、政府筋の某委員会委員としても活躍し、その攻撃的発言は屡々《しばしば》新聞紙上を賑わしてもいた。やがて昼飯の時間となり、彼も当方もそれぞれ駅弁の包みを解いてぱくついた。こちらは食事後、空き包みをゴミと一緒に近くのデッキの屑箱に捨てたが、彼は悠然と窓外を眺めていた。やがて、定刻通り仙台駅に到着した。彼は席を立って仙台駅のホームへ降り立ち、列車は北上する当方を乗せたまま発車した。その直後、「現場」即ち隣席を見て吃驚仰天、しばし呆然とした。

「現物」は、彼の座席の前の物入れ網袋、座席の上、さらに足下まで散乱したゴミの数々、駅弁の空箱、読み捨てた新聞紙、等々であり、文字通り足の踏み場もない有様である。「立つ鳥跡を濁さず」（俳諧・毛吹草）の逆さまである。仙台は終点ではなく、仙台から乗車してくる客のいる可能性も高い。当日その時点からすぐ次の当方下車駅までは、その座席に座ろうとした乗客はなかったが、それはもちろん当該作家の知るところではない。しかし、そういった「現時点」での印象は、あのような非常識で天上天下唯我独尊的作家の作品は、今後絶対に読まず推薦せず、という決意の促進に繋がった。そしてまた、彼の常日頃見聞される攻めの強さの裏に、守りの弱さが潜んでいる懸念も強くなった。

その後程なくして、彼は請われて某大自治体の副知事となり、当該知事が国会に転出後は、その後継者として知事選に出馬し、史上最高といわれた多数票を得て当選した。ところが丸一年を経過する以前に、自分の選挙資金を巡る金銭問題を追及され、所謂百条委員会開催直前に、「四面楚歌」（史記）の中で辞職した。その最後まで、全く助け船は出なかった。前知事は大きな花束を貰い、千人以上の職員に見送られた賑やかさだったが、今回は花束もなく、僅々六十人くらいの当番的職員だけに見送られた寂しさが、大々的に報じられた。

まさに「些事を忽せにする者は大事を為す能わず」の典型の感がある。常日頃から独りよがりで人徳に欠け、結果として窮地に陥っても救済策をとる侠気の人物が周辺にいない淋しさを、果たしてどれだけ痛感しているのであろうか？　人徳の然らしめるところであろう。このような様相は、老生八十有余年の生涯の中で、数多見聞してきた。「義理と人情と浪花節」の観点からは、逆の好事例でもある。さらに知事辞職に至るまでの常日頃の言動や著作等からみれば、

「巧言令色鮮し仁」（論語）の典型ともいえよう。本書で力説してきた「巷の人間術」という見地からは、全く想像もつかない呆れた存在である。彼に一票を投じて当選させた明敏な自治体住民の御所見を、ぜひ拝聴したいものである。しかし、このことは、東日本大震災の後に、福島原発からは遠隔地にあって、なおかつ放射能検査を受けて問題なしとされた被害松の焚き上げを、固陋頑迷的に拒否し続けて、被災者に悲憤の涙を流させた京都殿上人各位の御見識と、「五十歩百歩」（孟子）のいい勝負かもしれない。ともあれ「禍福は糾える縄の如し」（史記）であり、「禍福門なし、只人の招く所」（春秋左伝）であろう。そして「隠すことは現る」（楞厳経）という。機微の謀を秘匿することはできても、万人が万人共に感ずる事態は滔々たる潮の勢力に等しく、それを世人の耳目から隠蔽することはできない。その意味では、現在「木鐸」（論語）たるべき立場にある存在が、常日頃周辺を見下している倨傲ぶりは、やがて「墓穴を掘る」様相を出来するに等しいことを予期させるものであろう。

電脳空間上で流布されている識者の見解として、「高いつもりで低いのが教養、低いつもりで高いのが気位、深いつもりで浅いのが知識、浅いつもりで深いのが欲望、厚いつもりで薄いのが人情、薄いつもりで厚いのが面の皮、強いつもりで弱いのが根性、弱いつもりで強いのが自我、多いつもりで少ないのが分別、少ないつもりで多いのが無駄」という至言がある。やはり世事万般、諸事諸般、「現場・現物・現時点」を見据えた確認が必須であろう。

## 特別老作付録　対比数え歌

吾人の「巷の人間術」を、厄人／政治屋各位の生き方と対比して、数え歌的に列挙してみよう。父祖伝来の数え歌という伝承は、「巷の人間術」そのものである。都々逸や狂歌や川柳と軌を一にし、前向きの姿勢で運命の開拓に邁進する心根を秘めている。一見巫山戯た表現ながら、事態に真摯に立ち向かう心意気の表現でもある。

一つとせ

他人《ひと》の振り見て我が振り直し
拡幅深耕と個性の発揚
ＰＤＣＡ急速回転
ＧＮＮで衆知結集

---

他人《ひと》の生きざま白眼視
狭隘蛸壺我が人生
ＰＤＣＡ以ての外
ＧＮＮなど糞食らえ

二つとせ

塞ぎ込んでは人生暗い
視点変えれば前途は開く
ＡＢＣで人生明開
ＫＫＤで錬成増進

---

不満隠して仲間を外れ
白い目をした暗い顔
ＡＢＣなど徹底無視し
墓穴掘ってる闇人生

三つとせ

見ても聞いても使わにゃわからん
積極利用で味しめて
水平展開怠らず
ＬＭＭを堅持する

---

見ても聞いても不具合隠蔽
自分勝手で他人は知らん
これじゃ物事行き詰まる
賽の河原の石積みだ

四つとせ

世の中すべてが学習対象
必要時点で即刻活用
自己啓発で相互啓発
これで運命開拓可能

---

世の中恨んで因循姑息
現状陋習しがみつく
自己啓発などとんでもない
相互にけなしてお先真っ暗

いつでも気軽に錬成続け
仕掛けと躾とお付き合い
いつも気配りさりげなく
俺もあんたも共存共栄

無理と思えど年輪超えて
渡る世間を拡げる努力
活用展開推進し
さらに開ける実人生

何も遠慮は要らないよ
陽性快活世間を繋ぐ
現場・現物・現時点
冷静注目役立てる

五つとせ

言ったことなど実行しない
面子拘泥内弁慶
足を引っ張り陰口たたく
これじゃ抱き合い心中だ

六つとせ

ムカつく態度で実態無視し
渡る世間を狭くする
あっちこっちで躓いて
自然に閉じてく闇人生

七つとせ

何かと効率無視する日常
能率低下も習慣化
自分も周りも退廃し
世間に顔向けできもせず

役立つ「巷の人間術」を
暮らしの中に溶け込ます
沈思黙考熟慮断行
率先垂範爽やかに

今後も精進多彩な人生
明朗闊達元気よく
公害排除やリサイクル
無理・無駄・斑も最小化

とても役立つ巷の思考
多様な効用実現で
民族性も磨き上げ
人間術を逞しく

八つとせ

やっと腰上げ動きかけ
やはり怖いとすぐ腰下ろす
変幻自在の詭弁会
魑魅魍魎も只唖然

九つとせ

顔面硬直暗能面
無理・無駄・斑も日常化
公害・口害で僻み顔
自分も他人もいやな貌

十っとせ

通る道筋安住過ぎて
世間の変化に気づかない
臭気芬々腐敗物
見捨てられるも自業自得

なるほど全くその通り
片方愉快で片方悲惨
どちらを採るかは自己責任
もっともだもっともだ

（放歌高吟時の作曲はご随意に）

# あとがき

東日本大震災の直撃を受け、八千冊余の愛蔵書を含めて一切合切を故郷の太平洋に流出させ、命からがら超満員の応急避難所を経て、盛岡での病躯診療と薬品補給の後、半年余の流浪の末に現居に落ち着き、老残の身も二年がかりで漸く一段落し、衆参両院の選挙後の様相を見るに及んで、まさに慄然と堕落ぶりを痛感せざるを得ない醜態の感しきりである。固陋頑迷・因循姑息でその場限りの不自由党、生気不足の眠臭党、実態不明の垢迷党、本心不明の異心党、党に不都合なことは見るなという見るなの党、民族歴史無視の仰山党、空論の邪怪党、資金集め専念の贅渇党、などといったいずれも油断のならない顔ぶれの面々が勢揃いし、団栗の背比べ同然の「政治屋」各位の様相である。少しでも骨のある経験者は、一斉に消失し去った惨状に見える。同様に、一般人民が歩いている床の上を歩かず、いつも権力という自己満足的天井にぶら下がっているような、誰でも知っていることを知らないと主張し、現行組織ぶら下がりで自己愛専念の「狡務員」徒輩諸氏の実態もまた、真に嘆かわしい事例多々である。現今も、地域住民の今後将来を慮らず、本来のあるべき姿を勉学検討せず、只いたずらに旧弊墨守に励む井蛙的醜状が露呈している。特に幹部ならぬ「患部」に至っては、現実に出現露呈した事態・様相について、自己の情勢判断が間違いであったことが証明されてもなお、後ろめたさ、忌ま忌ましさ、バツの悪さ、椅子（ポスト）の面子、負け惜しみ等が交絡した結果からか、真っ正面から素直に自己の誤断を言明することなくひたすら懸命に隠蔽し、誤魔化してしまう。あるいは、結局他責とする努力を鋭意重ねる態度が顕著である。真に鉄面皮な、歪《ゆがみ》極まる精神構造である。

その反面、庶民の立場で黙々と日夜健闘している人間性横溢の方々の涙ぐましい行動の数々は、多種多様な形態で、本来の人間のあり方を歴然と立証してきている。このことは、東日本大震災遭遇に際して、あらためて痛烈に体感した次第である。過ぎ去った時間を含めて、時間は苦しむ者の味方であり、苦しいという事実は今だけのことで永久には続かない、と思えば救われる。本書では、そういった事実を具現している真実の開陳を意図し、さまざまな視点から吟味を加えて提示したいと念願した。あくまでも虚言、策略、暴力（有形、無形）、偽善、等の卑劣な手段を弄している「厄人」諸氏と「政治屋」各位には全く無縁の秘伝であり、人間力涵養充実の要諦として、「巷の人間術」を伝承するための覚え書きである。

巷間ややもすれば、組織・機構・法律・規定などの改訂によって、眼前の困惑事態を回避しようと、頗る安易に事を進める。残念ながら、そういった行動は、所詮いじくり回しの弥縫的措置に過ぎないことが多過ぎる。関与する人間の如何によって、成果の有無が大きく左右される。まさに、「歌は声より文句が大事、人は眉目より心持ち」（正調荷方節・秋田県）である。すべては繁文縟礼を避け、「法三章」（史記）の理念の発揚が肝要である。

しかし、人生最後の絶筆的単著となることを覚悟して執筆した今回もまた、意甚だ余ってあまりにも力量不足の惨状を露呈したままの擱筆であり、真に慚愧の念に堪え得ない。平均寿命を超えた老軀を日夜支え、毎回旨い食事を提供して、ここまで寿命を支えてくれた妻昌子に、密やかな謝意を捧げたい。

## 謝辞

　これまでの生涯で計数十冊の著作（単著、共著、監修・編集、翻訳等）を、世に送り出してきた。顧みると、編集や営業の方々も、千差万別神社仏閣の様相である。大会社の傲慢無礼な編集者に遭遇して、当方から執筆を断ったこともある。また、営業のベテランの方の言として、一見して売れる本を売るのは真の営業ではなく、どう見ても売れそうもない本を、長期にわたって多数販売する手腕を発揮するところに営業の醍醐味、存在価値がある、という情熱溢れる談を拝聴したこともある。

　さらに、企業の良否は、当初の電話応対の如何によって大方判断できることも、日々痛感しているところである。

　その意味で、老生の生涯を通じて、全社各部門の優れたスタッフ、特に滋味溢れる編集部門の内田眞人名編集長と手腕力量に卓越した敏腕の営業部門を社宝的人財として擁し、幾多実績豊富な作品社に遭遇できたことは、人生の終末が間近い身にとって最大の喜びである。本書挿入の数点の図表を作成してくださった知友松澤志保女史への謝意と共に、以上のことどもをここ明記して、衷心深甚の謝意を表したい。

満八十五歳を迎えた平成二十六年春酣の日

# 参考文献（資料一覧）


阿刀田高『悼む力』ＰＨＰ研究所、二〇一三年
有川浩『県庁おもてなし課』角川書店、二〇一一年
石角完爾『ユダヤの「生き延びる知慧」に学べ』朝日新聞出版、二〇一三年
石光真人『ある明治人の記録』中公新書、一九七一年
磯田道史『歴史の愉しみ方』中公新書、二〇一二年
磯田道史『歴史の読み解き方』朝日新書、二〇一三年
五木寛之『人間の覚悟』新潮新書、二〇〇八年
五木寛之『下山の思想』幻冬舎新書、二〇一一年
井原隆一『「言志四録」を読む』プレジデント社、一九九七年
冲方丁『光圀伝』角川書店、二〇一二年
ＮＨＫ「プロフェッショナル」制作班『人生と仕事を変えた57の言葉』ＮＨＫ出版新書、二〇一一年
岡潔『日本の国という水槽の水の入れ替え方』成甲書房、二〇〇四年
勝田政治『廃藩置県』講談社選書メチエ、二〇〇〇年
金谷治訳注『孫子』岩波文庫、一九六三年
河北新報社『河北新報のいちばん長い日』文春文庫、二〇一四年
紀田順一郎『幕末明治傑物伝』平凡社、二〇一〇年
きだみのる『気違い部落紳士録』時事通信社、一九五〇年
きだみのる『気違い部落周游紀行』新潮文庫、一九五一年
ケリー・マクゴニガル／神崎朗子訳『スタンフォードの自分を変える教室』大和書房、二〇一二年

呉兢／守屋洋訳『貞観政要』徳間書店、一九九六年
小島慶三『戊辰戦争から西南戦争へ』中公新書、一九九六年
後藤田正晴『内閣官房長官』講談社、一九八九年
後藤田正晴『政と官』講談社、一九九四年
後藤田正晴『情と理』（上・下）講談社、一九九八年
後藤田正晴『後藤田正晴の目』朝日新聞社、二〇〇〇年
小林秀雄・岡潔『人間の建設』新潮文庫、二〇一一年
齋藤孝『現代語訳 論語』ちくま新書、二〇一〇年
佐々木克『戊辰戦争——敗者の明治維新』中公新書、一九七七年
佐々木常夫『これからのリーダーに贈る17の言葉』WAVE出版、二〇一一年
佐々淳行『わが上司 後藤田正晴』文藝春秋、二〇〇〇年
佐々淳行『後藤田正晴と十二人の総理たち』文藝春秋、二〇〇六年
佐藤道夫『検事調書の余白』朝日新聞社、一九九三年
佐藤道夫『法の涙——検事調書の余白Ⅱ』朝日新聞社、一九九五年
塩野七生『マキアヴェッリ語録』新潮社、一九八八年
塩野七生『日本人へ リーダー篇』文春新書、二〇一〇年
塩野七生『日本人へ 国家と歴史篇』文春新書、二〇一〇年
塩野七生『想いの軌跡』新潮社、二〇一二年
塩野七生『日本人へ 危機からの脱出篇』文春新書、二〇一三年
下村健一『首相官邸で働いて初めてわかったこと』朝日新書、二〇一三年
社会経済生産性本部・21世紀へのメッセージ刊行委員会編『後藤田正晴——二十世紀の総括』生産性出

版、一九九九年
末弘厳太郎／佐高信編『役人学三則』岩波現代文庫、二〇〇〇年
住田正二『役人につけるクスリ』朝日新聞社、一九九七年
住田正二『お役人の無駄遣い』読売新聞社、一九九八年
高杉良『男の貌』新潮新書、二〇一三年
竹田篤司『物語「京都学派」』中公文庫、二〇一二年
田辺聖子『われにやさしき人多かりき』集英社、二〇一一年
張養浩／安岡正篤訳注『為政三部書』明徳出版社、一九五七年
外山滋比古『失敗談』東京書籍、二〇一三年
中野剛志『国力とは何か』講談社現代新書、二〇一一年
中村彰彦『会津論語』PHP文庫、二〇一三年
橋爪大三郎・大澤真幸・宮台真司『おどろきの中国』講談社現代新書、二〇一三年
畑村洋太郎『未曾有と想定外』講談社現代新書、二〇一一年
早野透『政治家の本棚』朝日新聞社、二〇〇二年
半藤一利『名言で楽しむ日本史』平凡社ライブラリ、二〇一〇年
百田尚樹『海賊と呼ばれた男』（上・下）講談社、二〇一二年
藤原正彦『国家の品格』新潮新書、二〇〇五年
藤原正彦『この国のけじめ』文藝春秋、二〇〇六年
藤原正彦『祖国とは国語』新潮文庫、二〇〇六年
藤原正彦『日本人の誇り』文春新書、二〇一一年
星亮一『敗者の維新史』中公新書、一九九〇年

星亮一『奥羽越列藩同盟』中公新書、一九九五年
松尾正人『廃藩置県』中公新書、一九八六年
三浦朱門『老年の品格』海竜社、二〇一〇年
水木楊『出光佐三 反骨の言魂』ＰＨＰビジネス新書、二〇一二年
宮崎市定『現代語訳 論語』岩波現代文庫、二〇〇〇年
守屋洋『韓非子』ＰＨＰ研究所、一九八四年
守屋洋『十八史略の人間学』新人物往来社、一九八六年
守屋洋『六韜・三略の兵法』プレジデント社、一九九四年
守屋洋『兵法三十六計』知的生きかた文庫、二〇〇四年
湯浅邦弘『菜根譚』中公新書、二〇一〇年
呂新吾／祐木亜子訳『心に響く呻吟語』日本能率協会マネジメントセンター、二〇一〇年
渡部昇一『国思う故にわれあり』徳間書店、一九九八年
渡部昇一『日本を変えよう』致知出版社、二〇〇二年

＊

菅野文友『プロジェクト管理のメカニズム』日科技連出版社、一九九一年
菅野文友『ソフトウェア開発計画・推進・実践マニュアル』ソフト・リサーチ・センター、一九九八年
菅野文友『人財鑑定のコツ』ソフト・リサーチ・センター、一九九九年
菅野文友『朱に交われば赤くなる』作品社、二〇〇七年
菅野文友『改訂新版 菅野文友の!!プロジェクト・リーダの条件』ソフト・リサーチ・センター、二〇

〇八年
菅野文友『ＳＥのための確率の常識』ソフト・リサーチ・センター、二〇〇八年

『成功させる組織化』（1992年）、以上、日科技連出版社。

『安全性工学入門』（1971年）、『実録わが社の品質管理』（1980年）、『新版 品質管理便覧（第2版）』（1988年）、以上、日本規格協会。

『信頼性管理便覧』（1964年）日刊工業新聞社。

『情報を読む技術』（1982年）PHP研究所。

『試作・設計実務の進め方』（1987年）トレンド・ブックス。

『SE教育事例集』（1991年）日本能率協会。
◆翻訳
『コンピュータ・プロジェクト管理実践マニュアル』（発行＝日本技術経済センター、1981年）、『ユーザのための分散処理システムの最適設計法』（1982年）、以上、ジャテック出版。

『ソフトウェア信頼性ガイドブック』（1981年）、『ソフトウェア信頼性ハンドブック』（1995年）、以上、日科技連出版社。

頼性』(1983年)、『コンピュータ犯罪のメカニズム』(1989年)、『プロジェクト管理のメカニズム』(1991年)、『経営情報のためのソフトウェア製品生産工学入門』(1992年)、『ソフトウェア製品生産のためのQCDS』(1996年)、『系統技術のメカニズム』(1998年)、以上、日科技連出版社。

『信頼性工学』(1980年)、『信頼性工学演習』(1984年)、『コンピュータ犯罪のからくり』(1990年)、以上、コロナ社。

『信頼性工学の基礎』(1978年) 日刊工業新聞社。

『プログラミングの生産・管理』(1984年) 昭晃堂。

『ソフトウェア開発におけるプロジェクト・リーダの条件』(1997年)、『ソフトウェア開発計画・推進・実践マニュアル』(1998年)、『人財鑑定のコツ』(1999年)、『改訂新版 菅野文友の!! プロジェクト・リーダの条件』(2008年)、『SEのための確率の常識』(2008年)、以上、ソフト・リサーチ・センター。

『IT革命の光と影』(2002年) 日本規格協会。

『朱に交われば赤くなる』(2007年)、『巷の人間術』(2014年)、以上、作品社。
◆監修・編集
『信頼性管理ガイドブック』(1975年)、『ソフトウェア・デザインレビュー』(1982年)、『ソフトウェアの品質管理』(1986年)、『ソフトウェアの生産技法』(1987年)、『ソフトウェア品質管理事例集』(1990年)、『ソフトウェアちょっといい話』(1992年)、『日本的デザインレビューの実際』(1993年)、『ソフトウェアちょっといい話'93』(1993年)、『21世紀へのソフトウェア品質保証技術』(1994年)、『信頼性ハンドブック』(1997年)、以上、日科技連出版社。

『品質保証のための信頼性管理便覧』(1985年)、『おはなしデザインレビュー』(1990年)、『おはなしデザインレビュー(改訂版)』(2001年)、以上、日本規格協会。

『電子情報通信ハンドブック』(1988年) オーム社。

『ソフトウェア・プロジェクト管理』(1990年) ソフト・リサーチ・センター。
◆共著・分担執筆
『初等信頼性テキスト』(1967年)、『品質管理活動の総点検』(1972年)、『変動期における企業とQC』(1975年)、『OR事典』(1975年)、『実践信頼性100問』(1976年)、『OR事例集』(1983年)、『ソフトウェアの仕様化と設計』(1986年)、『ソフトウェアの製造』(1986年)、『ソフトウェアの検査と品質保証』(1986年)、『ソフトウェアの計画と管理』(1987年)、『デザインレビュー事例集』(1989年)、

## 著者紹介

### 菅野文友（かんの あやとも）

旧奥州仙台藩平民として、昭和4（1929）年4月1日陸前国に出生。

1952年、旧制東北大学理学部地球物理学教室卒業。

1963年、技術士試験合格（生産管理部門品質管理）。

1968年、工学博士（東北大学）。

1945年から、逓信省・電気通信省・日本電信電話公社（電気通信研究所）。

1960年に（株）日立製作所（戸塚・神奈川・ソフトウェアの各工場）。

1975年から、岩手大学（工学部）、東京理科大学（工学部）、帝京技術科学大学（大学院情報学研究科）の各教授を務める。その間、一関工業高専および東京商船大学で非常勤講師。

1997年、（有）系統技術研究所代表取締役に就任。

2011年、故郷三陸沿岸で東日本大震災に被災し、悉皆流失。

21世紀前半に死滅の予定（浄土真宗本願寺派法名徳海院釈究学）。

■受賞歴
デミング賞本賞（1995年）、日経品質管理文献賞（1976、1991、1993、1995、1997年）、EOQソフトウェア大会 Award to the Best Non-European Speaker（1992年）。
■所属学会
電子情報通信学会（フェロー）、日本信頼性学会（グローリ）、情報処理学会（終身）の各正会員。
■所属機関
デミング賞委員会（顧問）、日立返仁会（名誉会員）、東京理科大学維持会（維持会員）
■著作一覧
◆単著
『情報やデータのメカニズム』（1978年）、『ソフトウェア・エンジニアリング』（1979年）、『ヒューマン・エラーのメカニズム』（1980年）、『ソフトウェアの信

巷の人間術
〈厄人と政治屋には無縁の秘伝〉

2014年7月30日 第1刷印刷
2014年8月5日 第1刷発行

著　者　菅野文友

発行者　髙木有
発行所　株式会社作品社
〒102-0072　東京都千代田区飯田橋2-7-4
Tel 03-3262-9753 Fax 03-3262-9757
http://www.sakuhinsha.com
振替口座 00160-3-27183

本文組版　有限会社閏月社
印刷・製本　シナノ印刷(株)

Printed in Japan
落丁・乱丁本はお取替えいたします
定価はカバーに表示してあります
ISBN978-4-86182-497-5 C0034

# 朱に交われば赤くなる

## 役人根性の本質に迫る

*Kanno Ayatomo*
菅野文友

**経営工学の重鎮による**
**「日本官僚システム」批判！**

企業人諸君は、すばらしい反面教師として、良心的役人諸君は、身近なチェックリストとして、学生諸君は、正しい職業選択指針として、遠慮なく活用していただきたい。（菅野文友）